POESIE RYTHMIQUE DU MOYEN AGE

ESSAI PHILOLOGIQUE ET LITTÉRAIRE

SUR LES ŒUVRES POÉTIQUES

D'ADAM DE S^T-VICTOR

PAR

EUGÈNE MISSET

PARIS
H. CHAMPION, 15, QUAI MALAQUAIS
1881.

EXTRAIT DES *LETTRES CHRÉTIENNES*
Revue d'Enseignement, de Philologie et de Critique

Les pages qui suivent ont paru cette année dans la Revue des Lettres Chrétiennes. *Je les réunis aujourd'hui un peu plus tôt que j'aurais cru, afin que leur apparition coïncide avec la nouvelle édition des proses d'Adam que va donner M. Léon Gautier. Elles m'ont coûté de la peine, elles m'ont causé du plaisir et valu des sympathies. Les lecteurs, s'il s'en rencontre, voudront bien être indulgents : c'est un début.*

Paris, Novembre 1881.

ESSAI PHILOLOGIQUE ET LITTÉRAIRE

SUR LES ŒUVRES POÉTIQUES

D'ADAM DE SAINT-VICTOR.

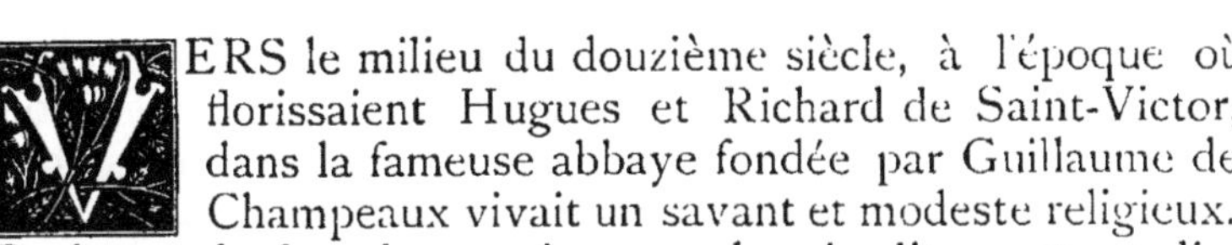ERS le milieu du douzième siècle, à l'époque où florissaient Hugues et Richard de Saint-Victor, dans la fameuse abbaye fondée par Guillaume de Champeaux vivait un savant et modeste religieux. On ignore la date de sa naissance; les érudits sont en discussion sur celle de sa mort. Selon toute probabilité il était originaire de Bretagne, mais sa patrie elle-même est incertaine: « il n'avait pas ici-bas de cité permanente et cherchait la cité d'en haut. » Sa vie se passa comme tant de vies s'écoulèrent alors, dans l'obscurité, dans la prière, dans l'amour de Dieu et de ses frères, dans le bonheur. Il aimait les saints offices, il composait des *Proses* que l'on chantait au chœur, et l'on racontait sous le cloître que la « Mère du Sauveur » un jour qu'il la saluait avec amour n'avait pas dédaigné de se montrer à ses yeux et de lui rendre son salut. Quand il fut mort on grava sur sa tombe une épitaphe simple et belle comme sa vie: ses œuvres n'y furent pas mentionnées, son nom n'y fut pas cité. On l'ajouta cependant plus tard; mais même alors le souvenir de son humilité ne permit pas de lui mettre sur les lèvres autre chose qu'une prière, et l'on ne fit parler le « pieux » Adam de Saint-Victor que pour demander humblement pardon à son supérieur, à ses frères et à Dieu:

> Hic ego qui jaceo miser et miserabilis Adam,
> Unam pro summo munere posco precem.
> Peccavi, fateor, veniam peto; parce fatenti,
> Parce pater, fratres parcite, parce Deus!

Tel fut l'homme, le religieux dont nous voudrions étudier les œuvres, et que dom Guéranger ne craignait pas d'appeler le plus grand poète liturgique du moyen âge. On trouve en effet dans ses *Proses* un véritable souffle, une inspiration fraîche et naïve, mystique et audacieuse, un heureux assemblage des pensées, des mots, du rythme qui captive, qui transporte et fait naturellement penser à S. Bernard et à Dante.

Mais avant d'aborder le fond même de cette étude, il me faut répondre à deux questions très importantes.

Le texte d'Adam, tel que nous le possédons, est-il partout d'accord avec celui des manuscrits?

Les œuvres poétiques d'Adam, telles qu'elles sont éditées, ne renferment-elles pas un certain nombre de fausses attributions?

On le voit, je me propose tout d'abord de faire une étude critique du texte vulgaire et d'en discuter sérieusement l'authenticité. J'aurai ensuite à en approfondir la versification, le symbolisme, les idées théologiques, les incontestables beautés littéraires. Ce plan semblera peut-être bien ambitieux; mais un de mes grands bonheurs serait de contribuer pour ma faible part à faire connaître et goûter un auteur qui mériterait d'être entre toutes les mains.

I. — CRITIQUE DU TEXTE D'ADAM.

CLICTOVÉ dans son *Elucidatorium ecclesiasticum*, (dont la première édition parut en 1515), avait publié sans beaucoup de critique trente-sept *Proses* d'Adam de Saint-Victor. En 1858, Mr Léon Gautier, qui sortait alors de l'école des Chartes, s'aperçut que l'édition de Clictové était loin d'être complète. Il publia donc, d'après divers Mss. de la Bibliothèque Nationale, les *Œuvres poétiques* du célèbre Victorin (1). Ce fut une révélation. Il fit précéder le texte d'une préface pleine d'érudition et de verve, y joignit des notes philologiques, littéraires, théologiques, une traduction française du XVe siècle; en un mot, il fit plus qu'un bon livre, il fit une œuvre. Par malheur Mr G. en était encore à ses débuts: son édition contient des fautes assez nombreuses et quelquefois même assez graves.

Une étude approfondie du texte m'en avait depuis longtemps révélé quelques-unes. J'ai noté les autres en collation-

1. *Œuvres poétiques d'Adam de Saint-Victor, précédées d'un essai sur sa vie et ses ouvrages*, première édition complète, par L. Gautier, Paris, 1858, 2 vol. in-18.

nant tout récemment le Ms. 934 (1) de l'ancien fonds de Saint-Victor, et le fameux 577 (2) dont la découverte a été pour M. G. une si bonne fortune. Évidemment le savant paléographe qui a revu jusqu'à sept fois, toujours en l'améliorant, le texte de la *Chanson de Roland*, trouvera le temps de retoucher sa première œuvre, aujourd'hui vieille de vingt-deux ans, de la corriger, de la rendre digne de lui-même et de notre grand poète liturgique.

La première strophe qui ait besoin d'une correction sérieuse est la deuxième de la prose VI : *Nato nobis Salvatore* (V. 7-12). M. G. l'édite ainsi, je pense d'après dom Guéranger :

Eva prius interemit,
Sed *Salvator* nos redemit,
Carnis suæ merito.
Prima parens nobis luctum,
Sed *Maria* vitæ fructum
Protulit cum gaudio. (Tome 1, p. 37).

Une chose doit nous frapper tout d'abord, c'est la comparaison, le parallélisme établi dans les deux premiers vers entre Ève et le Sauveur, et dans les trois derniers entre Ève et Marie : il y a là un manque de suite dans l'idée, une rupture de continuité qui ne s'explique guère chez un auteur du moyen âge habitué à rapprocher toujours la nouvelle Ève de l'ancienne et le second Adam du premier. — Ce n'est pas tout : la forme n'est pas moins défectueuse que le fond. *Merito* et *gaudio* sont deux rimes bien faibles pour un auteur qui, comme Adam, affecte d'employer partout ce qu'on appellerait aujourd'hui la « rime riche ». Évidemment une main postérieure, une main maladroite a passé par là. Nous en serons convaincus si nous ouvrons le Ms. 577, qui donne le texte suivant :

1. Aujourd'hui 14,819, fonds latin, XIIIe siècle. Les proses y sont notées du folio 37, verso, *ad finem.* Elles vont du premier dimanche de l'avent à la fête de sainte Catherine, 25 novembre, et embrassent par conséquent le cycle entier de l'année liturgique. La prose de sainte Catherine est incomplète ; celle de saint Étienne : *Heri mundus exultavit* a disparu presque entièrement ; il n'en reste que les deux derniers mots : *cœlesti flagrantia.*

2. « C'est, dit M. G. un manuscrit de la fin du XIVe siècle, assez peu correct, « qui renferme même une dizaine de fausses attributions. » Il n'est évidemment qu'une compilation faite sur des Mss. plus anciens. Les proses n'y sont pas notées. On lit en tête de la première page : *Ne scribam vanum, duc, pia Virgo, manum.*

Eva prius interemit,
Sed *Maria* nos redemit,
Mediante filio.
Primâ parens nobis luctum
Sed *secunda* vitæ fructum
Protulit cum gaudio.

On le voit, tout ici se correspond : *Eva* et *Maria, prima parens* et *secunda*. De plus *filio* et *gaudio* riment parfaitement. Nous sommes en face de la véritable leçon. Une légère exagération dans les termes employés a dû effaroucher plus tard l'orthodoxie de quelque pieux lecteur. Il a cru faire merveille en supprimant l'affirmation selon lui peu orthodoxe du rachat du monde par Marie; il a agi sous la même impression qui a fait modifier quelquefois dans l'*Inviolata : Nobis concedas veniam* adressé à la très sainte Vierge. Par malheur il a détruit de fond en comble la belle ordonnance d'une strophe d'Adam : nous n'avons pas le droit de l'imiter.

Les vers qui suivent contiennent également une faute de rime que nous pouvons corriger à l'aide du même manuscrit. M. G. écrit :

Negligentes non neglexit,
Sed ex alto nos prospexit
Pater mittens *filium*. (13-15).

Or, *filius* se trouvant déjà dans le texte authentique de la strophe précédente, n'avait pas dû trouver place dans celle-ci. Le 577 a donc raison lorsqu'il nous donne *Unicum* qui a l'avantage de rimer beaucoup mieux avec ce qui suit :

Præsens mundo, sed absconsus
De secreto tanquam sponsus
Prodiit in *publicum*. (16-19).

La prose IX : *Ecce dies celebris* (T. I, p. 54), renferme trois mauvaises leçons que je voudrais voir disparaître. La première se lit au vers 18. « Le Christ, dit le poète, nous arrache par sa résurrection à l'ennemi qui comme un lion « rugissant tourne sans cesse autour de nous [1] :

Hosti qui nos circuit
Prædam Christus eruit. (16-17).

1. Adversarius vester diabolus tanquam leo rugiens circuit quærens quem devoret. (I Pet. 5 c-)

Il ajoute dans l'édition de M. G. :

> Quod Samson *præcinuit*
> Dum leonem lacerat. (18-19.)

C'est là qu'est la faute. Que signifie en effet l'expression *præcinuit,* sinon prédire, annoncer à l'avance « par des paroles » un fait qui doit arriver? Or, Samson n'a pas chanté dans un élan prophétique la victoire que le Christ devait remporter sur la mort : il s'est contenté de la figurer par ses actes. Le texte véritable est donc celui des manuscrits : « *Quod Samson* præinnuit ». *Innuere* est en effet un terme juste, correspondant exactement à une idée juste ; il se lit à la fois dans le 934 et le 577 : il doit être définitivement adopté.

Une seconde leçon fautive est celle que nous lisons au vers 38. Je cite entièrement la strophe sixième :

> Saccus scissus et pertusus
> In regales transit usus :
> Saccus fit soccus *gratiæ*
> Caro victrix miseriæ.

Devons-nous lire *gratiæ* avec M. G. ou *gloriæ* avec les Mss. ? telle est la question à résoudre. Évidemment (et le savant éditeur l'a parfaitement compris) il y a dans ce passage une allusion au verset du psaume : *Convertisti planctum meum in gaudium mihi, conscidisti saccum meum et circumdedisti me lætitia* (XXIX, 12). Or, quelle explication donnent du mot *lætitia* les gloses dont on accompagnait le texte au moyen âge ? M. G. en cite deux : elles sont toutes deux contre lui. Dans la première (I, p. 60) il est question de la « résurrection *glorieuse: gloriosæ resurrectionis.* » La seconde (id.) affirme clairement d'après saint Augustin qu'il faut entendre la « *gloire* » de l'immortalité : *Circumdedisti me lætitia, id est* gloria *immortalitatis.* Rétablissons donc :

> Saccus fit soccus *gloriæ,*

c'est-à-dire : « Ce qui était un sac d'ignominie devient un vêtement de gloire. » De la sorte, le sens, les gloses et les manuscrits seront d'accord, et nous aurons fait de la bonne critique.

Un mot seulement sur le vers 52 qui est fautif et à qui il manque un pied : il doit se lire :

> Capiti *sit* gloria
> Membrisque concordia.

cela va de soi, et je n'insiste pas.

Ces trois corrections sont justifiées d'ailleurs par la naïve traduction du XVe siècle qui bien souvent accompagne les proses. Le vers 18 est traduit par « Samson le *senefia* », c'est à n'en pas douter « *quod Samson* præinnuit ». Le vers 38 par : « Le sac est fait le lit de *gloire* » ; c'est le mot à mot de « *saccus fit soccus* gloriæ ». Enfin le vers 52 est devenu en français : « A notre chief *soit* gloire ». Le latin devait donc être : « *Capiti* sit *gloria* ». Sans doute la traduction que je cite, la traduction que j'appellerais volontiers « princeps », n'est pas une autorité irréfragable. C'est une autorité néanmoins, et en tous cas un « confirmatur », dont je compte faire encore usage, et qui n'est pas à dédaigner.

Cette traduction peut précisément nous aider à rétablir le texte véritable d'un vers de la prose suivante mal édité par Clictové ([1]) et ses copistes, mal édité par M. G., mal édité enfin dans le dernier recueil de séquences qui ait paru, celui de Joseph Kehrein ([2]). Il s'agit du vers 32 de la prose X (tome I, page 64, strophe 8). On lit dans les imprimés :

> Per mortem nos indebitam
> Solvit a morte debita ;
> Prædam captans illicitam
> *Preda* privatur licita. (29-32.)

Les deux premiers vers ne présentent aucune difficulté : « Le Christ en subissant la mort qui n'avait aucun droit sur lui nous délivre de la mort qui avait des droits sur nous ». Seulement quel sens donner aux vers qui suivent ? Où est le sujet de *privatur ?* Quel est celui qui, « pour avoir pris une proie à laquelle il n'avait pas droit, est privé de celle à laquelle il avait droit » ? Le vieux traducteur nous dit en vers blancs :

> Le *pillart* pregnant proie à tort
> De son héritage est privé.

Mais quel est dans le texte vulgaire le mot qui signifie

1. *Elucidatorium ecclesiasticum.*
2. *Lateinische Sequenzen des Mittelalters, aus Handschriften und Drücken, herausgegeben von Joseph Kehrein,* Mainz, Florian Kupferberg, 1873.

« pillart » ? Il est absent, et il nous faut le chercher dans les manuscrits. Or, ici encore le 934 et le 577 nous donnent la véritable leçon :

Prædam captans illicitam
Prædo privatur licita.

Cet emploi de *prædo* pour signifier le démon est très fréquent au moyen âge. Le texte de l'Écriture qui semble y avoir donné lieu se lit au Chapitre IV, verset 7 de Jérémie : *Ascendit leo de cubili suo, et prædo gentium se levavit.* Sans sortir des œuvres d'Adam, nous en trouverions facilement d'autres exemples. Qu'il nous suffise de citer la superbe strophe d'une prose qui se chantait à Saint-Victor le mercredi de Pâques, et dans l'église de Paris le dimanche de Quasimodo. Elle n'est d'ailleurs que le commentaire de la strophe sur laquelle nous discutons :

Prædo vorax, monstrum tartareum,
Carnem videns, nec timens laqueum,
In latentem ruens aculeum
Aduncatur (1).

La vieille traduction du XVe siècle rend ici *prædo vorax* par « le glout *pillart* » : on le voit, elle est conséquente avec elle-même. Acceptons donc la seule leçon acceptable.

Pour éditer la prose XII, *Sexta passus feria*, M. G. s'est servi uniquement du Ms. 577. Par malheur, ce manuscrit contient une faute que le texte imprimé a reproduite. Elle se trouve dans la septième strophe, vers 39 :

Diem istam Dominus
Fecit, in qua facinus
Mundi *lavit*,
In qua mors occiditur,
In qua vita redditur,
Hostis ruit.

Lavit et *ruit* qui pour un grand nombre de lecteurs sembleront peut-être des rimes suffisantes ne peuvent pas être acceptées dans la poésie d'Adam. Comme le remarque en effet judicieusement M. Gaston Paris dans sa *Lettre sur la versification latine rythmique*, p. 9, « la rime est l'homophonie « de deux syllabes accentuées : donc, si l'accent est sur la

1. Gautier, T. I, page 69, XI, 25-29.

« pénultième, la rime portera sur cette syllabe. » Or ici, où est l'accent de *ruit ?* — Il est sur la pénultième *ru ;* où est l'accent de *lavit ?* — Il est sur la pénultième *la. Ruit* et *lavit* ne peuvent donc pas rimer ensemble, puisque les pénultièmes de chaque mot ne riment pas. Or, ouvrons le Ms. 934. Il est, nous le savons, antérieur d'au moins un siècle et demi au Ms. 577. Il est plus soigné, plus correct ; il a servi au chœur : on a pu par conséquent en vérifier chaque syllabe, et corriger s'il y avait lieu. Quel verbe emploie-t-il ? Un synonyme de *lavit* qui satisfait à toutes les exigences : c'est *luit.* Cette leçon d'ailleurs est celle d'un Missel de 1520, très rare, que Kehrein a pu consulter dans la bibliothèque du séminaire de Münster. Il fut imprimé à l'usage des « frères mineurs de Saint-François, et mis en vente à Paris, rue Saint-Jacques, chez Thielmann Keruer, à l'enseigne de la licorne ». Si je transcris toutes ces indications, ce n'est pas pour faire parade d'une érudition bibliographique à laquelle, hélas ! je ne puis pas prétendre, c'est simplement pour éveiller l'attention du savant éditeur. Il a donné en effet comme inédites des proses qu'on ne trouve pas sans doute dans les recueils de Clictové, de Mone, de Daniel, et qui néanmoins sont imprimées.

Ceux qui prendront la peine de me suivre dans cette critique d'infiniment petits éprouveront peut-être un certain étonnement en lisant ce qui va suivre. Arrivé à la prose XIX (page 131 et suiv. du Tome 1er), M. G. édite ainsi la strophe 6 :

Audio
Cum gaudio
Quod ejus auxilio
Sit tanta felicitas
Cum tanto tripudio (41-45.)

Il fait suivre cette bribe, à peu près incompréhensible, de trois points de suspension, et il rédige une note pour nous dire : « Il manque un vers à cette strophe ; le mot *felicitas* rimerait-il seulement avec les vers de la strophe suivante » ? On se demande comment cette note a pu être rédigée et cette strophe laissée incomplète, quand on lit dans le 577, c'est-à-dire dans le manuscrit même d'où cette prose a été tirée les vers suivants qui sont on ne peut mieux sur leurs pieds :

Audio
Cum gaudio
Quod ejus auxilio
Sit tanta felicitas.
Gaudio
Suscipio
Cum (?) tanto tripudio
Sit tanta solemnitas.

Évidemment, M. G. qui était en 1858 archiviste à Chaumont n'a eu qu'une mauvaise copie du Ms. entre les mains. Nous en aurons bientôt d'autres preuves.

Ne quittons pas cependant cette prose sans corriger un vers faux, le 32me. Il a une syllabe de trop. Le manuscrit porte :

Amici probabiles.

Et est supprimé.—Signalons aussi le vers 9 de la prose XXII, qui par contre a une syllabe de moins, et doit s'écrire :

Cuncta *sunt* simplicia,

et arrivons à la prose XXIV: *Rex Salomon fecit templum*, qui va nous arrêter un moment.

D'abord, cette prose non plus n'était pas inédite. Neale l'a trouvée dans deux missels imprimés au commencement du XVIe siècle, et Kehrein l'a lue dans celui de Münster que j'ai déjà mentionné. Cela dit, devons-nous, au vers 22, (I, p. 169), conserver la leçon *ima* qui a été amenée à n'en pas douter par le premier mot du vers 21? Le manuscrit de Saint-Gall qu'a pu voir Daniel, le missel d'Angers de 1523, le manuscrit 934, le manuscrit 577 portent *prima* qu'appellent nécessairement le *secunda* et le *tertia* qui suivent. Il suffira de parcourir des yeux la strophe pour s'en convaincre :

Sed tres partes sunt in templo,
Trinitatis sub exemplo,
Ima, summa, media.
Prima signat vivos cunctos
Et secunda jam defunctos
Redivivos tertia. (19-24).

Mais la strophe qui a surtout besoin d'une retouche est la huitième. Elle est ainsi éditée :

Sic ex bonis
Salomonis

Quæ rex David
Præparavit
Fiunt *ædificia ;*
Nam in lignis
Rex insignis
Venit Tyri,
Cujus viri
Tractant *ædificia.* (51-60).

Il va de soi que les deux vers correspondants: *Fiunt ædificia* et *Tractant ædificia* sont fautifs. Le même mot pris dans le même sens ne peut jamais rimer avec lui-même. Je ne connais d'exception que pour le monosyllabe *est*, en particulier dans la jolie petite pièce publiée par Du Méril (1):

Quid, tyranne, quid minaris
Quid usquam pœnarum est ?
Quidquid tandem machinaris,
Hoc amanti parum est !
Dulce mihi cruciari,
Parva vis doloris est;
Malo mori quam fœdari
Major vis amoris est!

Il faut donc accepter ici encore la leçon du 934 et du 577: Tractant *artificia.* Ce mot d'ailleurs rend on ne peut mieux l'idée de la Sainte-Écriture: Les Tyriens étaient « plus habiles » que les Hébreux dans l'art de construire. C'est ce que faisait dire Salomon au roi Hiram par ses ambassadeurs : *Scis enim quomodo non est in populo meo vir, qui noverit ligna cædere sicut Sidonii.* (Reg. V, 20.)

Est-ce tout? — Non; il reste à faire une correction plus importante. Le vers 58 qui nous déclare que le roi de Tyr « est venu » aider Salomon, *venit,* dit une chose fausse. Hiram se contenta de faire couper à ses sujets des cèdres sur le Liban; on les transportait ensuite du Liban à la mer, et de là ils étaient expédiés par eau à l'endroit qu'il avait plu à Salomon de désigner. C'est ce qui résulte évidemment du chapitre V, versets 22 et 23 du premier livre des Rois: *Ego faciam omnem voluntatem tuam in lignis cedrinis et abiegnis. Servi mei deponent ea de Libano ad mare, et ego componam ea in ratibus in mari, usque ad locum quem significaveris mihi,*

1. *Poésies populaires latines antérieures au XIIe siècle,* page 138. La pièce qui n'est pas « une hymne » doit-elle être intitulée : *Antidote contre la tyrannie du péché ?* « Antidote » en tous cas n'est pas heureux

et applicabo ea ibi. On le voit, il n'y a rien là qui indique une visite d'Hiram à Salomon; il n'est pas venu à Jérusalem comme la reine de Saba, et le texte *venit* que ne portent pas les manuscrits, est une mauvaise conjecture à laquelle il faut renoncer.

Par quel mot le remplacer? — Kehrein (1) nous donne une leçon plus mauvaise. Il écrit: *vivit*, ce qui n'est pas seulement un contre-sens, mais un non-sens. Morel, le savant bibliothécaire d'Einsiedeln (2), nous insinue, lui aussi, que le roi de Tyr « vit » encore: il a lu *vivit* dans son manuscrit, il édite *vivit* de confiance, sans se demander ce que cela peut bien signifier. Mais, en paléographie, une absurdité vaut mieux quelquefois qu'une mauvaise conjecture, et nous allons en avoir la preuve. Du texte de M. G., nous ne pouvons rien tirer; celui de Morel et de Kehrein va nous fournir la leçon véritable. Comment au XIIe siècle, au XIIIe siècle écrivait-on *vivit?* Il n'y avait pas de points sur les *i*; le *v* se confondait avec l'*u*; de la sorte on avait six jambages identiques à la suite les uns des autres : **uıuıt.** Or, il est un autre mot qui s'écrivait aussi avec six jambages identiques, c'est *juvit*: **ıuuıt;** le *j*, on le sait, ne se distinguant pas alors de l'*i*. Cette simple réflexion qui se présente si naturellement à l'esprit explique tout. Un pauvre copiste, beaucoup moins paléographe que MM. Morel, Kehrein et Gautier, a mal lu, a mal transcrit, a donné naissance à une erreur avec laquelle il nous faut rompre. Et qu'on n'aille pas croire que je fais ici une simple conjecture! Le mot *juvit* est nécessaire au sens; il exprime précisément ce qu'a donné Hiram à Salomon, de « l'aide » dans la construction du temple. Cela suffirait au besoin pour lui accorder gain de cause. Mais il se lit d'ailleurs d'une manière suffisante dans le 577. — Et s'il était besoin d'une dernière preuve, cette fois décisive, nous la trouverions dans le 934. Ce manuscrit, comme je l'ai dit, servait au chœur. Ceux qui chantaient n'étaient pas nécessairement grands clercs; ils avaient dû plus d'une fois se laisser aller à une certaine cacophonie autour du mot qui nous occupe. Un chanoine intelligent surmonta d'un trait le premier et le dernier des six jambages amphibologiques. Grâce à cette

1. Page 584, n° 872.
2. *Lateinische Hymnen des Mittelalters*, von Gall Morel, page 2.

indication, il n'y a plus de doute possible : M. G. a certainement une erreur à corriger.

Il a voulu en corriger une dans la prose XXX, *Rosa novum dans odorem.* A-t-il réussi ? J'espère démontrer que non. La prose en question est en l'honneur de saint Étienne, et l'erreur prétendue se trouverait dans la strophe IV qui se lit ainsi dans le Ms. :

Constitutum in spe certa
Certiorat res aperta
  Quando JESUM vidit
Stantem patris in virtute ;
Tunc ad petram pugnans tute
  Parvulos allidit. (19-24.)

M. G. a bien lu *parvulos :* il nous le dit en note. Mais il ne l'a pas compris, et il a cru que *pavidos* serait plus clair. Il a donc, de sa propre autorité, introduit *pavidos* dans son texte, en ayant soin toutefois de l'entourer de deux crochets.

Il est clair que nous sommes en face d'une expression symbolique. La *pierre* est évidemment l'image du Christ, du Christ qui apparaît à la droite du Père, *stantem patris in virtute*, qui relève, en entr'ouvrant les cieux, l'espérance de son martyr :

Constitutum in spe certa
Certiorat res aperta

Et cette interprétation est indiscutable, si l'on veut penser au mot de saint Paul à propos de la pierre d'où jaillit au désert une eau miraculeuse : *Bibebant de spiritali consequente eos petra : petra autem erat Christus.* (I Cor., 10,4.) Mais pourquoi briser contre cette pierre ces malheureux « enfants » qui sont ici une si grande cause d'embarras ? — Un verset de psaume va nous répondre. « Heureux », s'écrient les Juifs assis et pleurant au bord des fleuves de Babylone, « heureux « celui qui te rendra, ô cité maudite, ce que tu nous as donné ! « Heureux celui qui pourra prendre tes enfants et les briser « contre la pierre. » *Beatus qui retribuet tibi retributionem tuam, quam retribuisti nobis. Beatus qui tenebit et* allidet pueros *tuos ad* petram! (*Ps. cxxxij*, 8, 9.) Voilà donc les enfants, voilà la pierre, nous sommes certains du texte, il ne nous reste qu'à faire notre possible pour en trouver le sens.

Il est, je l'avoue, assez obscur, surtout pour nous qui ne

sommes plus habitués à ce que le symbolisme avait autrefois de raffiné et de scolastique. Néanmoins peut-être n'est-il pas introuvable. *Parvuli,* nous dit la clef de saint Méliton (1) *sunt « cogitationes pravæ, prius quam in opere perficiantur. In psalmo: Beatus qui tenebit et allidet parvulos tuos ad petram. »* Et le docte Bellarmin qui connaissait si bien la tradition ecclésiastique, ne manque pas à la fin de son commentaire sur le psaume 137me de mentionner le sens mystique donné par saint Hilaire, saint Jérôme, saint Augustin, à l'expression *parvulos Babyloniæ.* Elle signifie, dit-il, les tentations naissantes qui peuvent facilement être domptées si on les brise, sans retard, contre la pierre qui est le Christ : *Non est omittenda spiritualis expositio SS. Patrum, Hilarii, Hieronymi et Augustini, qui per* parvulos Babyloniæ *intelligunt initia tentationum, quæ facile superari possunt, si continuo exortæ allidantur ad petram, quæ Christus est* (2). Toute la solution est là, le sens de la strophe s'éclaircit : Saint Étienne, sans doute, espérait, mais à la vue du Christ son espoir augmente encore. Il sait que son Rédempteur est debout, vivant à la droite du Père, et si quelque enfant de Babylone, si quelque doute contre l'espérance essaie de se faire jour dans son cœur, il est aussitôt brisé contre la pierre ; le moment de sa naissance est celui de sa mort :

> Tunc ad petram pugnans tute
> Parvulos allidit !

Il en est du saint martyr comme de la grappe sous le pressoir : elle veut être comprimée pour donner sa liqueur ; il souhaite d'être lapidé, sachant bien que sa récompense augmente avec les flots de son sang :

> Uva data torculari
> Vult pressuras inculcari
> Ne sit infecunda ;
> Martyr optat petra teri,
> Sciens munus adaugeri
> Sanguinis in unda. (Id. 24-30.)

Mais je m'aperçois qu'en citant je fais de l'éloquence, et je reviens à la critique.

1. *Spicilegium Solesmense,* t. III, page 111, VIII, 4.
2. Bellarmin, *in ps. 137,* ad finem. Édition Vivès, supplément de *Cornelius a Lapide,* tome II, page 407.

Une dizaine de vers avant ceux dont je viens de chercher, et, j'espère, de trouver le sens, on lit une strophe qui est une véritable énigme. La première partie cependant peut se comprendre à la rigueur :

Genus nequam et infaustum
Qui se fecit holocaustum
Afficit indigne ([1]). (7-9).

A travers d'assez fortes impropriétés d'expression, on peut entrevoir que les Juifs, cette race perverse et maudite, traitent d'une manière indigne saint Étienne qui s'offre en victime. Mais comment comprendre, comment relier à ce qui précède les trois vers qui suivent :

Et quod in Christum credit
A quo tamen non recedit,
Passionis igne. (10-12).

A coup sûr la syntaxe est violée ; il n'y a pas de mot à mot possible ; à moins que l'on ne prétende trouver de la syntaxe et un sens quelconque dans cette suite de mots français qui sont calqués littéralement, servilement sur les mots latins: « Et parce qu'il croit en JÉSUS-CHRIST, duquel « cependant il ne s'éloigne pas, même dans le feu de ses « tourments. » Comme c'est inadmissible, nous devons reconnaître que le texte est altéré.

En effet, si nous voulons l'étudier de près, nous verrons que le vers 10 :

Et quod in Christum credit

n'a que sept pieds quand il devrait en avoir huit ! Et si nous nous reportons ensuite au 577, le seul Ms. qui contienne, à ma connaissance, la prose en question, peut-être ne serons-nous pas bien certains que M. G. ait lu comme il faut le premier mot du vers. Ne pourrait-on pas lire: *Eo?* Je n'oserais pas l'affirmer ; néanmoins cette leçon donnerait à la phrase une clarté dont elle a grand besoin, et au vers une syllabe dont il ne peut pas se passer. L'enchaînement des idées serait alors très simple : Les Juifs martyrisent saint Etienne *(afficit indigne)* parce qu'il croit au Christ *(eo quod in Christum credit)*, et cependant, malgré tous les tourments, le disciple reste attaché à son maître *(A quo*

1. T. I, p. 223, prose XXX, str. 2.

tamen non recedit) etc. Par malheur le texte du Ms. est douteux, et nous sommes réduits à une conjecture, ou à peu près.

Il y a, dans la prose de saint Jean l'Évangéliste : *Gratulemur ad festivum* (XXXI, tom. 1, p. 228-230), deux leçons qui s'éloignent du texte de Clictové suivi par M. G. et qu'il n'est peut-être pas inutile de signaler. La première se lit dans nos deux manuscrits au vers 8, strophe II. Au lieu de:

Hic est Christi prædilectus,
Qui reclinans supra pectus
Hausit sapientiam, (7-9).

le 577 et le 934 portent *cui*, qui se rapporte à *Christi*, le relie à *pectus*, et permet de sous-entendre facilement l'équivalent latin de notre pronom possessif « son », « sa », « ses ». Tandis que si nous acceptions la leçon *qui*, *pectus* reste absolument indéterminé, — ce qui ne peut pas être.

La seconde leçon que je voudrais signaler est celle du vers 14 (strophe III). Faisant allusion au passage de l'Écriture relatif à saint Jean-Baptiste : *Erat lucerna ardens et lucens*, Adam nous dit à propos de saint Jean l'Évangéliste :

Intus ardens charitate
Foris lucens *honestate*
Signis et eloquio. (13-15).

Charitate est un mot on ne peut mieux choisi pour désigner le disciple « que JÉSUS aimait », celui qui devait être « l'apôtre de l'amour ». En est-il de même du mot *honestate ?* N'y a-t-il pas dans cette désignation quelque chose de vague, d'indécis, qui ne satisfait pas l'intelligence et surtout qui ne va pas au cœur ? Les Mss. ont une leçon bien plus précise, un mot qu'on s'attend toujours à trouver dans l'éloge du disciple qui fut « vierge », c'est *puritate*. Ne devons-nous pas l'admettre, surtout si nous voulons réfléchir qu'il est amené par la strophe précédente dont voici la fin :

Huic in cruce commendavit
Matrem Christus; hic servavit
Virgo viri nesciam. (10-12).

Cette leçon est d'ailleurs confirmée par la vieille traduction française qui dit :

Dedens ardoit par charité.
Dehors luisoit par sa *purté.*

La prose XXXVIe contient un affreux barbarisme qui n'est évidemment qu'une faute d'impression. Il s'agit du supplice de S. Thomas Becket. Le texte porte (t. I, p. 206) :

Pertrahitur, concutitur
Et cerebrum effunditur
Cuspide *mucionis.* (18-33).

Le vers 33 a une syllabe de trop, et *mucionis* doit évidemment se lire *mucronis.*

Nous lisons au vers 41 de la même prose (p. 207) :

Ense caput *dissecatur.*

C'est là une correction postérieure. Le premier scribe avait mis un mot beaucoup plus ordinaire, et qu'il faut, je crois, rétablir, c'est *amputatur.* On ne voit en effet aucune raison qui puisse motiver ce changement.

Trois corrections sont indispensables dans la prose XL (t. I, p. 305 et seq). Adam y célèbre saint Vincent. D'après M. G. il aurait dit au vers 10 :

Hic arcem *diaconi*
Sub patris Valerii
Regebat imperio.

Ce texte est celui de Clictové et de Kehrein, c'est également celui du vieux traducteur français : il écrit en effet :

De *dyacre* l'estat avoit.

Voilà, semble-t-il, bien des autorités ; et cependant le texte est évidemment fautif.

En effet, les deux rimes *diaconi, Valerii* laissent beaucoup à désirer, et il est impossible d'en rencontrer deux autres de cette faiblesse dans une pièce qui cependant compte 89 vers. Or, on le sait, Adam rime fort, et deux fois déjà une faute de rime nous a fait découvrir une faute de texte.

D'ailleurs que signifie *arcem diaconi ?* — « L'état de diacre » ? — Evidemment non, et le vieux traducteur qui probablement était peu belliqueux, n'a pas senti tout ce qu'il y a de guerrier, de militant dans ces trois vers. Quand il traduit :

Soubz Valier qui son père estoit
Gouvernoit son *bénéfice*,

il a sous les yeux quelque bon chanoine du quinzième siècle, vivant en paix dans son manteau d'hermine, et psalmodiant paisiblement son bréviaire à l'ombre de quelque vieille cathédrale. Mais le texte dit tout autre chose. A l'époque de saint Vincent un diacre était un lieutenant, un évêque, un général, la foi une citadelle qu'il fallait défendre :

Hic *arcem* diaconi
Sub patris Valerii
Regebat imperio.

Par malheur, quel sens offre à l'esprit *arcem diaconi*, une citadelle « de diacre » ? Si encore nous avions la citadelle « du diaconat » : *arcem diaconii!* — Or, telle est précisément la leçon de nos deux Mss. Elle a l'avantage de faire une rime riche avec *Valerii*, de donner un sens à une phrase qui n'en a pas : nous devons donc l'accepter. La disparition de l'*i* final s'explique d'ailleurs assez facilement. Le premier mot du vers, *hic*, que les Mss. n'ont pas, est une importation postérieure. Il est venu donner huit pieds à un vers qui régulièrement ne devait en avoir que sept. Un jour, on s'en est aperçu, et l'on a retranché intelligemment en queue ce qu'il aurait fallu enlever en tête.

Nous disions tout à l'heure que l'on chercherait en vain dans la prose que nous étudions une rime aussi faible que *diaconii* et *Valerii*. Nous nous trompions. Il en existe une autre plus faible encore ; les vers 19 et 20 en effet ne riment pas, si l'on veut se rappeler que « la rime est l'homophonie de deux syllabes accentuées » : M. G. édite :

Dumque fidem docet *suam*
Plebem Cæsaraugustanam (1).

Les Mss. portent *sanam* : c'est à n'en pas douter la vraie leçon.

1. La vieille traduction française de ces deux vers mérite les honneurs d'une citation. Rarement on rencontre un non-sens plus réussi :

Quant à la gent César enseigne (!)
La foi et grâce l'accompaigne.

Le traducteur a lu évidemment Cæsar Augustanam en deux mots : c'est d'ailleurs ainsi qu'écrit le Ms. 577.

Une faute plus grave assurément se lit à la dernière strophe, vers 82. Le poète nous raconte que le corps de saint Vincent a été jeté à la mer, une meule de moulin au cou, et a néanmoins surnagé :

Nec tenetur a molari,
Nec celari potest mari (80-84.)

L'édition de M. G. ajoute :

Quem *nec* laude singulari
Venerari voto pari
Satagit ecclesia. (82-84.)

Or, quel sens donner à ce *nec ?* Il n'en a pas et ne peut pas en avoir. Il faut donc remplacer *nec* par *nunc* et traduire :

De pesant pierre n'est tenu,
La mer celer ne l'a péu,
Pour quoy *au jour d'hui* Sainte Eglise
L'onnoure singulier, et prise.

Une des leçons les moins heureuses que l'on ait pu éditer, depuis que l'on déchiffre des manuscrits, se trouve au vers 21 de la prose XLIIe: *Martyris egregii.* Saint Vincent subit son martyre. S'adressant fièrement à son juge, à son bourreau, il s'écrie : « Je suis chrétien ; tes dieux, je les méprise ; ce ne sont pas des dieux, mais des idoles. » C'est alors que viennent ces trois vers :

Te minantem rideo,
Te parcentem doleo,
Sævitorque lania ! (19-21.)

Mone, le premier, a donné ce texte (III, page 553) d'après un Ms. de Saint-Gall, du XIIIe siècle ; M. G. l'a copié par mégarde ; Kehrein non seulement ne l'a pas corrigé, mais a fait entrer le mot *sævitor* dans l'appendice philologique qui termine son ouvrage [1]. Et cependant un peu de réflexion

---

1. Kehrein d'ailleurs n'a pas fait que cette trouvaille, et la docte Allemagne a dû voir avec bonheur un de ses enfants relever un mot certainement unique dans la langue latine, le substantif *vinatura !* (K. p. 660.) Il est extrait d'une séquence attribuée par Neale à notre Adam : *Renes nostros præcingamus*, (page 442). Voici la strophe :

Enervata *vinaturæ*
In fæcundum mentis puræ
Fœcundat oratio 8 (1-3.)

On lit en note cette ingénieuse remarque de Neale à laquelle Kehrein ne trouve rien à redire : « Forsitan :

aurait dû les mettre en défiance ! On traduit en effet très facilement les deux premiers vers : « Si tu menaces, je me ris de toi, si tu m'épargnes, je m'afflige. » Mais ensuite, que vient faire le *que* après *sævitor ?* Comment cette phrase se relie-t-elle grammaticalement à ce qui précède ? Si nous consultons le Ms. 577, nous y trouvons une variante non moins détestable.

Sequi, torque, lania.

Il va de soi que l'infinitif *sequi* ne peut pas aller de pair avec les impératifs *torque* et *lania*. Néanmoins, ce manuscrit de la fin du XIVe siècle, où les mots sont séparés, ne va-t-il pas nous être d'un très grand secours ? Coupons le vers de Mone, de Gautier, de Kehrein comme un copiste inintelligent a coupé le sien ; remplaçons alors *sequi* par *sævi*, et nous avons la phrase la plus limpide qu'on puisse imaginer :

Te minantem rideo,
Te parcentem doleo,
Sævi, *torque*, lania !

c-à-d : persécute, torture, déchire ! Nous sommes en face d'une réminiscence de Prudence, lequel fait dire aussi par saint Vincent à son bourreau : « Me voici, déchire-moi, « torture-moi ; je suis invincible, je suis indomptable. Nul « effort humain ne saurait me faire plier, je ne m'incline que « devant Dieu :

Hunc, hunc lacesse, hunc discute,
Invictum, inexsuperabilem,
Nullis procellis subditum,
Solique subjectum Deo.
(*Perist.*, V, 169-172.)

Nous retrouvons d'ailleurs ce même mouvement dans la

Enervata *vinatura*
In fœcundam mentis *pura*
Fœcundat oratio ! (p. 443.)

Franchement c'est à n'en pas croire ses yeux ! Le texte est détestable, la correction plus détestable encore ! Il faut évidemment rétablir

Enervata *vi naturæ*
Infœcundum mentis puræ
Fœcundat oratio.

c-à-d. « les forces de la nature étaient sans vigueur ; mais la prière d'une âme pure rend féconde la stérilité même » ! — Ces choses-là ne devraient pas se discuter !

Légende dorée ; voici en effet les paroles qu'elle prête à notre saint : « *Insurge ergo, miser, et toto malignitatis spiritu debacchare !* » — La preuve, je l'espère, est faite.

Corrigeons en passant, dans cette même prose, deux vers qui riment à peine :

Tuo, martyr, sanguine,
Culpas nostras ablue (49-50.)

Notre manuscrit porte :

Munda nos a crimine

qui est bien préférable. On se demande comment M. G. qui a corrigé Mone au vers 49 ([1]) n'a pas même signalé la variante du vers 50 ? Encore une fois M. G. lorsqu'il éditait Adam n'était pas à Paris et a dû se servir d'une copie de seconde main.

Non seulement le copiste n'a pas toujours noté les variantes qu'il a rencontrées, mais encore (il faut bien l'avouer) il a lu vite, trop vite, et nous allons en trouver une double preuve dans la prose XLIVe : *Templum cordis adornemus* ([2]). Elle se chantait à Saint-Victor le 2 février, pour la Purification de la très sainte Vierge.

Comment en effet est éditée la première partie de la neuvième strophe ?

Il y a d'abord deux vers qui sont corrects :

Decens maris luminare,
Decus matrum singulare (49-50.)

Mais les deux vers suivants le sont-ils aussi :

Vera parens Veritatis,
Via vitæ, pietatis. (51-52.)

On aura de la peine à le croire si l'on veut bien observer que le Ms. 934 d'accord avec le Ms. 577 porte *viæ* et non pas *via*. Or il y a dans ces vers une allusion évidente au verset de saint Jean (cap. XIV, vers. 6) : *Ego sum via, veritas, et vita.* Adam dit à la sainte Vierge : « Vous êtes la mère de la Vérité, de la Voie, de la Vie, de l'infinie Bonté », c-à-d., simplement : Vous êtes la mère du Christ. Et qu'on

1. Mone avait lu : *Tu*, ô martyr, sanguine. Kehrein a réédité cette faute grossière. — 2. Tom. I, p. 331 et seq.

ne s'étonne pas de trouver le mot *pietas* joint aux trois substantifs auxquels Notre-Seigneur se compare dans l'Évangile. Nous le retrouvons en effet dans des vers tirés des « *Distinctiones monasticæ* », (lib. v, *de Via*) que l'on me permettra de citer ici :

Quæque viæ Domini sunt *verum* cum *pietate*
Hæc duo cui desunt male deviat a bonitate.
Hæc duo, Christe, mihi dona, ne separer a te,
Sed maneam tecum, *via*, *verum*, *vita*, beate (1) !

Les manuscrits ont donc raison ; le copiste a mal lu, ou corrigé à tort.

Mais c'est là une erreur beaucoup moins grave que celle qui a été commise au vers 72. Nous lisons en effet :

Fons *sublimis*,
Munde nimis,
Ab immundo
Munda mundo
Cor immundi populi. (72-76.)

Je n'ai rien à dire des allitérations enfantines qui terminent cette tirade. Mais *fons sublimis* est-il bien la véritable leçon ? Une fontaine « élevée en l'air » n'est pas un de ces spectacles que l'on voie tous les jours ; et puis quel rapport cela pourrait-il bien avoir avec la très sainte Vierge ? Comment cela viendrait-il dans une prose en son honneur ? Ces réflexions élémentaires m'amenèrent à vérifier le passage dans les manuscrits, et, à ma grande surprise, je lus dans l'un et dans l'autre : *fons illimis*, fontaine « sans limon » ! C'est le vers d'Ovide :

Fons erat *illimis* nitidis argenteus undis.

D'ailleurs, M. G. n'est pas heureux avec les fontaines. Puisque nous sommes arrivés à la fin du premier volume, on me permettra de discuter ici deux passages où le mot *fons* ne lui a véritablement pas porté bonheur.

L'un est extrait de la prose XLII, strophe 4, vers 19 (tom. II, p. 106). Il s'agit de la transfiguration, comme on pourra s'en convaincre en lisant la strophe : « Le Christ, le Dieu fort, qui donne la vie, qui triomphe de la mort, le vrai soleil de justice, glorifie aujourd'hui la chair qu'il a prise d'une vierge, et se transfigure au sommet du Thabor :

1. *Spicileg. Solesm.* t. II, p. 134.

Christus ergo Deus fortis,
Vitæ dator, victor mortis,
Verus sol justitiæ,
Quam assumpsit carnem de virgine,
Transformatus in Thabor culmine,
Glorificat hodie. (13-18.)

Après cette strophe d'une si noble facture, céleste, vivante, ailée, que trouvons-nous dans M. G. — Une idée absolument inattendue :

O quam felix *fons* bonorum !

Mais pourquoi cette « source » ? que veut cette « fontaine » ? Les manuscrits portent *sors !* Le pieux Adam après avoir contemplé la gloire de l'Homme-Dieu transfiguré tourne ses pensées vers la gloire des ressuscités : « Qu'il sera doux, s'écrie-t-il, le *sort* des bons ! Car telle sera la résurrection bienheureuse » :

O quam felix *sors* bonorum !
Talis enim beatorum
Erit resurrectio ! (19-21.)

Rien de plus naturel, de mieux amené que ce rapprochement : la transfiguration du Christ est l'image de la nôtre. C'est une idée que l'on retrouve sans cesse sous la plume des écrivains ecclésiastiques du moyen âge. Mais nulle part peut-être elle n'est plus résolument exprimée que dans une séquence longtemps inédite, et publiée par Morel d'après un manuscrit de Saint-Gall. Elle se chantait également le jour de la Transfiguration :

1

Solem justitiæ
Viderunt hodie
Mortales oculi.

2

Splendoris gloria
Designat gaudia
Futuri sæculi.

3

Erit visibilis
Ille mirabilis
Sol in splendoribus.

4

Quem carnis trabea
Cœlabat antea
Nostris obtutibus.

5

Tunc ejus faciem
Non jam per speciem
Nec per ænigmata

6

Talem videbimus
Qualem audivimus
Eam in Efrata. (1)

1. Morel, page 15, Cf. également page 16, seq. 30.

Mais nous sommes loin de notre Adam, et il nous faut y revenir. Dans le passage que nous venons de discuter *fons* pouvait à la rigueur avoir un sens assez plausible; la transfiguration du Christ n'est-elle pas, ne peut-elle pas être pour nous une « source de biens », *fons bonorum?* Mais que dirons-nous d'un second passage que je vais citer en entier et qui semblera sans doute on ne peut plus étrange à M. G. lui-même.

Il se trouve dans la prose LIVme : *Lux est ista triumphalis*, strophe 8, vers 47, ou si l'on veut t. II, p. 65. Le voici :

> Claves duæ Petro dantur :
> Clavis una qua librantur
> Meritorum pondera ;
> *Et* secunda potestatis
> *Fontem* ligans *libertatis*,
> Iter dans ad æthera. (43-48.)

On le voit, il s'agit des deux clefs données à saint Pierre : l'une par laquelle il est constitué juge du mérite ou du démérite ; l'autre grâce à laquelle il a le pouvoir d'ouvrir ou de fermer les cieux. Or, comment admettre que pour nous dire une chose aussi simple, Adam ait eu recours à une image aussi bizarre que celle du vers 47 ? Qu'est-ce en effet qu'une « fontaine de liberté » ? Qu'est-ce surtout qu'une « clef qui lie » une pareille fontaine?

> *Est* (1) secunda potestatis
> *Fontem* ligans *libertatis*,

Et enfin, comment le dernier vers, si clair en lui-même :

> Iter dans ad æthera,

peut-il se relier d'une façon quelconque à cette clef, à cette fontaine, à cette liberté ? — Le Ms. 577 ne fait pas tomber notre poète dans de pareilles bizarreries. D'abord il n'y a plus de fontaine dans le paysage. On lit en effet très clairement, au premier mot du vers : *Somptes*, c'est-à-dire, en nous débarrassant d'une orthographe qui n'est pas encore aujourd'hui classique en France : *Sontes*, les « coupables ». La clef de saint Pierre lie donc les coupables non repentants : *sontes ligans*. C'est la traduction du mot de Notre-Seigneur :

1. J'adopte le texte du 577 qui me semble préférable, les deux parties de la strophe sont mieux tranchées.

Quodcumque ligaveris... erit ligatum. Que dirait-on si ce qui suit était simplement l'équivalent de : *Quodcumque solveris... erit solutum ?*

Pour le démontrer, il nous faut d'abord renoncer hardiment à la leçon *libertatis*, et envoyer la « liberté », qui n'a rien à faire ici, rejoindre la « fontaine » dont nous sommes délivrés. Cependant, ne l'oublions pas : plus une leçon est mauvaise, plus elle est absurde, plus elle peut quelquefois nous aider à découvrir le texte véritable. Nous l'avons déjà vu, nous allons le voir encore. Il est très probable, avons-nous dit, que notre phrase signifie : « Tout ce que tu délieras sera délié. » Délier se dit en latin *solvere ; solvere* a un synonyme qui est *liberare*, lequel fait au participe parfait passif *liberatus*, dont l'ablatif pluriel est *liberatis !* Or, *liberatis* correspond on ne peut mieux à *sontes ligans*, il en est le pendant ; il a de plus l'avantage de rimer avec *potestatis*, de pouvoir être le régime de *iter dans*, d'offrir un sens plausible, probable, certain, théologique ! Écrivons donc :

Est secunda potestatis,
Sontes ligans, *liberatis*
Iter dans ad æthera !

Le bon religieux qui a transcrit le Ms. 577 ne comprenait pas toujours, ou plutôt comprenait rarement ce qu'il écrivait ; il a donc introduit un *t* dans le mot « *liberatis* » ; de là cette confusion presque inextricable de laquelle M. G. ne s'est pas tiré. Il aurait pu cependant en examinant son texte à la loupe, comme nous avons dû le faire, apercevoir sur le premier *t* de *libertatis* un trait qui est encore visible, et qui justifie notre correction. — Le lecteur nous pardonnera d'avoir réuni trois fautes qui ont entre elles un certain rapport, et qui ont échappé au savant professeur. Reprenons maintenant page par page le second volume des œuvres de notre Adam.

Nous lisons à la page 21, strophe 9, prose L :

Ubi spirat fragor talis,
Fervor crescit spiritalis,
Et *fugescit* temporalis
Vitæ delectatio. (61-64).

Fugescit est un mot bien rare, si toutefois il existe. Pourquoi le conserver dans ce vers, surtout quand les Mss. portent *frigescit* qui est d'un usage si fréquent, et qui d'ailleurs correspond si bien à *fervor?*

Le vers 68 de cette même prose est terminé par des points de suspension :

Victor miles triumphalis
Christi martyr specialis,
Nos a mundi serva malis
Ne nos amor......
Mergat in flagitia. (65-69.)

Est-ce un scrupule philologique auquel a cédé M. G. en supprimant le mot *mundialis* que donnent à la fois le 577 et le 934 ? Dans ce cas, il aurait eu bien tort. Ce mot en effet est courant dans la littérature chrétienne ; Tertullien et Sulpice Sévère l'ont employé (1) ; Prudence a dit :

Quæ *mundiali* gloria, (*Cath.*, I, 90.)

et :

Ductor aulæ *mundialis* ire ad aram jusserat. (*Per.*, I, 41.)

Or, on sait qu'au moyen âge Prudence était au moins aussi lu que Virgile. Il nous faut donc rétablir :

Ne nos amor *mundialis*
Mergat in flagitia.

Dans la prose LI, pour la nativité de saint Jean-Baptiste, M. G., à la suite de Clictové, a supprimé, je ne sais pourquoi, une strophe tout entière. Et notons que cette strophe est indispensable au sens. Adam nous raconte en effet la naissance de saint Jean-Baptiste, sa vie au désert, le témoignage que lui rend le Christ ; pouvons-nous supposer qu'il ait passé sa mort sous silence ? Or, voici la strophe qui se lit dans nos deux manuscrits, et qu'il faut intercaler entre les strophes 12 et 13 de M. G. (T. II, p. 30, v. 38.)

Capitali justus pœna
Jubetur in carcere
Consummari,
Cujus caput rex in cœna
Non horret pro munere
Præsentari.

1. Tert. *Marc.* v. 4; *Spect.* 9; *Nat.* II, 4, 5. Sulp. Sev. *Hist.* I, I, 4. — II, 14, 6. etc.

Alors le poète peut ajouter :

Martyr Dei, licet rei
Simus nec idonei
Tuæ laudi,
Te laudantes et sperantes
De tua clementía
Nos exaudi !

Autrement que signifie cette prière à un « martyr » dont on ne nous a pas raconté le supplice ?

Dans la même prose Clictové, et après lui M. G., édite ainsi la strophe 5 (page 29, vers 19-21) :

Verbo mater
Scripto pater
Nomen *edit* parvulo.

Or *edit* est un mot impropre. Il s'applique sans doute à Ste Elisabeth qui pouvait parler; mais comment peut-il s'appliquer à S. Zacharie qui était muet ? Nos deux manuscrits ont une leçon bien préférable : c'est *indit :* « La mère parle, le père écrit, et tous deux « donnent » le même nom à leur fils. »

Une leçon non moins mauvaise se rencontre à la p. 66, v. 73. La strophe est consacrée à l'arrivée de S. Pierre à Rome :

Mundi caput, fontem mali
Peste plenam criminali
Roman intrat spiritali
Petrus *actus* gladio.

Or, nous ne voyons nulle part que saint Pierre soit venu dans « la capitale du monde », dans « la sentine de tous les vices », « poussé » par un « glaive spirituel » quelconque. Il y est venu, comme un nouveau triomphateur, « ceint » d'un glaive inconnu aux vieux Romains, et avec lequel il allait conquérir les âmes. Voilà ce que nous disent nos manuscrits; ils portent non pas *actus*, mais *cinctus :* et le doute est impossible.

La prose LVIII, *Ecce dies triumphalis* compte deux vers faux. Le premier est le 43me, strophe 7, p. 90.

Mente lœta
Stat athleta,
Carne spreta,
Insueta
Vincens supplicia. (39-43).

En effet, le vers correspond dans la strophe au vers 48 :

Animi potentia.

Ce dernier comptant sept syllabes, le premier doit en avoir sept également. Il nous faut donc rétablir la leçon des Mss. et remplacer *vincens* par *superans :* c'est évident et je n'insiste pas.

La seconde faute est plus délicate, et il est nécessaire, pour la faire saisir, de rappeler une règle fondamentale et trop peu connue de la versification rythmique. Un vers rythmique en effet n'est pas seulement un certain nombre de syllabes réunies par la rime : c'est une suite d'*arsis* et de *thésis*, de syllabes accentuées et de syllabes non accentuées, revenant régulièrement. M. G. jusqu'à ces derniers temps (1), ne connaissait pas ou n'acceptait pas cette règle. Mal lui en prit ; car il aurait pu, en l'appliquant, faire disparaître des œuvres d'Adam bon nombre de vers faux. Le vers 57 de la prose de Saint-Victor (p. 91) est dans ce cas ; les vers précédents en effet s'accentuent sans difficulté sur la première, la troisième, la cinquième, la septième syllabe, c-à-d. sur les syllabes impaires :

Dámnŏ pédĭs híláréscĭt
Frángĭ poénă fídés néscĭt.

Le 57me au contraire est rebelle à tout rythme ; il ne peut pas être accentué sur la première : il ne peut pas l'être sur la troisième ; par contre, il l'est sur la seconde : ce qui détruit absolument toute harmonie. M. G. en effet l'édite ainsi :

Sinapis sic vis excrescit.

Or, dans *sinapis*, la pénultième est longue ; elle est donc accentuée. Adam d'ailleurs a dit quelque part :

Párŭm sápĭs
Vím sĭnápĭs (T. II, p. 117, vers 87-88.)

Nous devons donc indiquer le rythme comme j'ai dit plus haut :

Sĭnápĭs sĭc vís ĕxcréscĭt.

Et comme ce rythme est inacceptable, ou plutôt comme dans un pareil assemblage de mots, le rythme est totalement

1. Cf. 2e édition des *Epopées françaises*, où l'auteur rétracte à peu près ses affirmations antérieures.

absent, il nous faut chercher autre chose. Or le déplacement d'un monosyllabe rétablirait tout dans l'ordre. Écrivons donc :

Út (1) Sĭnápĭs vís ĕxcréscĭt.

C'est la leçon du 934, et nous avons ici heureusement pour nous l'autorité du meilleur manuscrit.

J'ai dit que l'application de cette règle aurait fait éviter à M. G. un grand nombre de vers faux. Je demande la permission d'en corriger quelques-uns.

Tome I, page	27, vers 60	: Spés post Déum sínguláris.
p.	108, vers 26	: Súnt sub úna ádoptíví.
	id. vers 34	: Dát liquórem Élisæus.
	id. vers 41	: Nón hæc pótest páraclísis.
p.	137, vers 55	: Urit árdor quós incéstus (2).
p.	157, vers 53	: Régi haéc varíetáte.
p.	214, vers 59	: Síc in Chrísto óbdormívit,
	id. vers 60	: Qúi sic Chrísto óbedívit.
Tome II, p.	107, vers 47	: Et vox pátris próclamávit (3).
p.	352, vers 20	: Díc sunt úbi túa júra
p.	137, vers 67	: Sis dux, vía ét condúctus.
p.	127, vers 40	: Quód nos súa pietáte,
p.	191, vers 37	: Tú es thrónus Sálomónis.
p.	337, vers 68	: Vérba líbri qúi signáti (4).
p.	374, vers 29	: Né invólvat nós procélla.

La liste, on le voit, est assez longue, et je n'ai pas pu tout citer. On remarquera que presque toujours les déplacements de monosyllabes ont eu lieu pour éviter un hiatus ou une construction un peu extraordinaire.

Il y a dans la septième strophe de la prose sur la Transfiguration : *Lætabundi jubilemus*, un génitif qui est absolument incompréhensible : qu'on en juge ; c'est la leçon du 577.

Vere sanctum, vere dignum
Loqui *Dei* et benignum,
Plenum omni gaudio. (40-42, page 107).

Le 934 porte : *loqui Deo*, « parler avec Dieu » ; c'est la vraie leçon : le vers se relie ainsi à ce qui précède :

1. Leçon du 934, plus harmonieuse que *sic*. — 2. Leçon du 577. — 3. Leçon du 934. — 4. Ajouter : *Qui nil súum æstimávit* (T. II, p. 163, vers 36) sic 577.

Hoc habemus ex Matthæo
Quod *loquentes* erant *Deo*. (37-38).

Mais comment faire le mot à mot de la strophe 13, telle que l'a donnée M. G. d'après le 577 :

Volens Christus hæc celari
Non permisit enarrari,
Donec vitæ reparator,
Hostis vitæ triumphator,
Morte *Vita* surgeret. (page 109,77-81).

Que vient faire le V majuscule de *vita*, que viennent faire ces deux substantifs *morte Vita* placés, je pense, en ablatif absolu ? Un simple coup d'œil sur le 934 aurait permis de lire : *Morte victa*. Le sens de la phrase est alors évident : le Christ ne veut pas qu'on parle de sa Transfiguration jusqu'au jour où lui, le réparateur de la vie, *morte victa surgeret*, ressuscitera après « avoir vaincu la mort ». C'est la traduction poétique de la prose de saint Matthieu : *Descendentibus illis de monte, præcepit eis* JESUS *dicens : Nemini dixeritis visionem donec Filius hominis a mortuis resurgat*. (XVII, 9.)

Clictové, et M. G. après lui, édite ainsi la strophe 5 de la séquence en l'honneur de saint Laurent : *Prunis datum admiremur* (T. II, p. 115).

Nam thesauros quos exquiris
Per tormenta non acquiris
Tibi, sed Laurentio.
Hos in Christo coacervat,
Hujus *pugnam* Christus servat
Triumphantis præmio. (37-42).

Le vieux traducteur que nous avons déjà cité a bien rendu les trois premiers vers :

Les tresors que tu veuls querir,
Par tourmens ne peus acquerir
A toi, mes à saint Laurens.

Par contre, ce qui suit a été pour lui lettre close, et il faut lui rendre cette justice qu'il a su mettre dans son français toute l'obscurité du latin :

O JHESU les assemble en garde,
Et JHESUS *lui combattant* garde
Par le salaire qu'il atent.

Le pauvre homme était évidemment en face d'un manuscrit portant le texte de Clictové:

Hujus *pugnam* Christus servat.

Il a vu dans *pugnam* une figure de rhétorique, une métonymie quelconque, où l'abstrait est mis pour le concret ; il a traduit comme s'il y avait eu *pugnantem.*

Mais les Mss. 577 et 934 nous donnent le mot de cette énigme. Au lieu de *pugnam,* ils ont *pugna.* Tout s'éclaircit alors. Les trésors qu'on veut lui ravir, saint Laurent les entasse dans le sein du Christ: *Hos in Christo coacervat!* Et grâce à la victorieuse résistance de son martyr, *hujus pugna,* le Christ les conserve, *Christus servat,* et au jour du triomphe les lui donnera en récompense, *triumphantis præmio.*

Depuis que M. G. a publié d'après les Mss. de Saint-Victor la prose de l'Assomption: *Ave virgo singularis* (T. II, p. 134 et seq.), Morel en a collationné le texte sur un Ms. de Saint-Gall, et l'a édité dans son Recueil, p. 97 et 98. Il fait justice d'une leçon évidemment fautive qui se trouve au v. 70:

Tu procellam *sede* gravem.

Le verbe *sedere* qui signifie « s'asseoir » n'est à coup sûr pas à sa place ici : c'est d'ailleurs un verbe neutre qui ne peut pas avoir de régime à l'accusatif. Il faut donc lire *seda,* de *sedare,* « *calmer* », « *apaiser* » : c'est ce que donne le 577 ; ou *sedans* qu'on trouve dans le 934 et dans le Ms. de Saint-Gall. Le vieux traducteur dit :

Apaise tempête qui grieve.

Encore une faute de Clictové que M. G. a prise à son passif! Je veux parler du vers 19 de la prose LXVII : *Laudemus omnes inclyta.* Nous lisons en effet :

Quanta *fit* ejus tortio
Berith patet indicio. (19-20.)

Nos deux Mss. (1) portent *sit* ; la traduction du XVe siècle confirme cette variante nécessaire :

Berith l'autre diable a monstré
Comme Astaroth *est* tourmenté.

1. Le 577 reproduit deux fois cette prose ; les deux fois il a *sit.*

Ce sont là, je l'avoue, des infiniment petits, mais il n'y a pas de critique littéraire possible sans cette attention pour ainsi dire microscopique. Je continue donc. — La prose de saint Augustin : *De profundis tenebrarum*, que M. G. édite p. 162 et suivantes, avait été précédemment éditée par Mone (T. III, p. 210) d'après un Ms. de Munich assez fautif. Le vers 29me de M. G. est, par suite d'une lacune, le 26me dans le recueil de Mone. Il a besoin d'une correction qui va nous être fournie encore une fois par le 577. Il s'agit des religieux fondés par saint Augustin. Tous les textes sont d'accord sur le vers 28 (25) ; il doit s'écrire :

Sui quippe nil habebant.

Mais sur le vers 29 (27) Mone et M. G. diffèrent. Le premier édite :

Tanquam suum, *serviebant*
In commune clerici :

et le second :

Tanquam suum *dividebant*
In commune clerici.

Cette dernière leçon est franchement mauvaise. Que peut-elle en effet signifier ? que des religieux qui « n'ont rien » « partagent avec tout le monde » ce qu'ils n'ont pas ! — C'est peu admissible. A son tour la leçon de Mone est-elle franchement bonne ? Non encore. Elle nous dit que les religieux de saint Augustin « ne possédaient rien en propre » ; jusqu'ici tout est pour le mieux. Seulement, elle ajoute, sans conjonction, sans lien apparent, une phrase qui n'offre pas une idée bien visible : « ils servaient en commun ». Nul doute, les deux leçons doivent être abandonnées. Le 577 en donne une troisième :

Sui quippe nil habebant
Tanquam suum ;

« Ils ne possédaient rien en propre » : c'est le texte de Mone ; c'est même, en changeant la ponctuation, le texte de M. G. Nous lisons ensuite :

...... Sed vivebant
In commune clerici.

« mais ils avaient une vie commune et étaient clercs ». Il n'est pas besoin d'une intelligence transcendante pour s'apercevoir qu'on est en face de la véritable leçon. Un scribe ignorant, au lieu de *sed vivebant* a écrit *serviebant*, et d'erreur en erreur, de conjecture en conjecture, on est arrivé à *dividebant* qui satisfait sinon aux exigences de la raison, du moins à celles de la rime.

Pourquoi donc M. G. a-t-il jugé à propos de corriger, dans la prose de saint Gilles, *congaudentes exultemus* ([1]), le dernier vers de la strophe 2 ? Il écrit :

> Templum Deo mox futurum
> Mundo satis profuturum
> Procreavit *gratia*. (10-12).

Le 577 au lieu de *gratia* donne *Græcia*. Et il a raison. Voici pourquoi. Le vers 15 de cette même prose se termine incontestablement par *gratia :*

> Qui in primo ævi flore
> Quantus *floret* ([2]) in virore
> Præmonstravit *gratia*. (13-15).

Or comment admettre qu'un poète, quel qu'il soit, ait employé le même mot, pour la rime, à trois vers de distance? *Græcia*, au contraire, est on ne peut mieux à sa place. Les légendes faisaient naître saint Gilles en « Grèce » : les auteurs de séquences ont versifié les légendes. On lit en effet dans une prose consacrée à notre saint :

> Hic *Athenis* oriundus, (Mone, III, n° 760,7).

et dans une autre, à propos de sa venue en Gaule :

> Deinde relinquens *Græciam*
> Transiit exul ad Galliam. (Mone, III, n° 761,23-24).

La leçon du Ms. doit être conservée.

J'ai appuyé jusqu'ici toutes mes corrections sur les manuscrits ; me permettra-t-on pour trois proses qui ne se lisent, hélas! que dans le 577, de risquer trois conjectures qui me semblent assez justifiées. D'abord, devons-nous conserver telle quelle la 6me strophe de la prose à saint

1. T. II, p. 104 et seq.
2. M. G. donne *floret* d'après le 577. C'est une faute qu'on peut corriger *a priori*.

Léger : *Cordis sonet ex interno* (T. II, p. 247). Nous y lisons

Venerando præsuli
Eruuntur oculi
Sæclis profuturi. (31-33).

Ne pourrait-on pas au lieu de *sæclis* proposer *cæcis*. Parce qu'on lui a arraché les yeux, saint Léger obtiendra de Dieu la guérison des « aveugles ». C'est d'ailleurs ce que dit le reste de la strophe :

Fodiuntur terebris
Aliorum tenebris
Lumen redditur. (34-36).

De même, dans la prose de St Magloire : *Adest dies specialis*, devons-nous continuer à lire avec M. G., strophe 4, p. 284 :

Curam tradens alii
Compos desiderii
[*Fugit*] sub silentio ? (19-21).

Saint Magloire, on le sait, avait été évêque. Poussé par l'inspiration divine, il abandonna la charge de son troupeau à un autre pasteur : *(Curam tradens alii)* et au comble de ses désirs *(compos desiderii)*, voulut vivre dans le silence *(sub silentio)*. Seulement, quel verbe le poète a-t-il employé pour rendre cette dernière idée ? M. G. a lu, et j'ai lu comme lui *desit* dans le Ms. Or, *desit* n'ayant pas de sens, M. G. a proposé *fugit* : à tort, je crois. D'abord, en effet, il n'est pas bien sûr que *fugit* indiquant un mouvement pour passer d'un lieu dans un autre ne voudrait pas *silentium* à l'accusatif. En ce cas, que devient la rime ? Et puis, faut-il chercher si loin un mot qui se présente, il semble, de lui-même ? Entre *desit* et *degit* il n'y a qu'une lettre de différence ; or *degere vitam*, ou absolument *degere* est une expression très latine pour rendre notre mot « vivre ». Pourquoi donc, puisqu'il faut corriger, ne pas corriger le moins possible ? Pourquoi ne pas écrire :

Degit sub silentio ?

Enfin la 10e strophe de la prose à saint Quentin : *Per unius grani* (t. II, p. 297 et seq.) peut-elle subsister dans l'état où l'a éditée le savant professeur ?

De *pretioso* vertice
Subvolat mirifice
Ut columba nivea (55-57).

Le poète veut évidemment nous dire que lorsqu'on eut coupé la tête de S. Quentin on vit sortir de la blessure une colombe blanche comme la neige ; c'est en effet, comme le remarque M. G., la légende que l'on peut lire au bréviaire de Langres: *Illi... caput ejus amputaverunt. At... statim exivit de collo ejus columba candida tanquam nix.* Mais pourquoi nous dire de la tête du saint qu'elle est une tête «précieuse» ?

De *pretioso* vertice ?

Pourquoi surtout, afin de nous affirmer une chose si peu importante, donner huit pieds à un vers qui, si on en juge par les vers qui suivent, ne devrait en avoir régulièrement que sept ? — Ne pourrions-nous donc pas, sans nous livrer à un dévergondage d'imagination, supposer que la leçon véritable doit être *præciso ?* Toute la fin de cette prose d'ailleurs est très altérée. Neale qui a pu lire la pièce entière dans le bréviaire de Tournay, a malheureusement supprimé dans son recueil la strophe que nous étudions : *Omisi,* dit-il (p. 195), *sancti martyrium, quod reliquo indignum est carmine.* Nous sommes donc, jusqu'à nouvelle découverte, réduit à des conjectures.

Plusieurs fois déjà nous avons dû reprocher à M. G. de s'être trop souvent laissé guider par Clictové. En voici une nouvelle preuve, on ne peut plus décisive. Dans l'*Elucidatorium ecclesiasticum*, il manque deux strophes à la prose de saint Martin: *Gaude Sion quæ diem recolis.* Ces deux strophes sont également absentes des *Œuvres poétiques d'Adam;* elles ne se trouvent que dans les manuscrits. Elles doivent prendre place à la suite du vers 32 (tom. II, p. 315).

Hic Martinus qui fana (1) destruit,
Qui gentiles ad fidem imbuit,
Et de quibus eos instituit
Operatur.
Hic Martinus qui tribus mortuis
Meritis dat vitam præcipuis;
Nunc momentis Deum continuis
Contemplatur.

—

Hic Martinus qui semper oculis
Et manibus intentus sedulis

1. Le 577 porte *vana !*

Orat Deo cum suis famulis
  Inhærere.
Hic Martinus qui suum obitum
Longe habet ante præcognitum
Jamque suum indicat exitum
  Imminere.

On le voit, le morceau est assez long, et l'on est en droit de s'étonner que pas une note, dans l'édition de M. G. ne signale son absence!

Même lorsqu'on est moine et que l'on copie un manuscrit sérieux, il arrive d'avoir des distractions. C'est l'humaine nature, et le copiste du 577 n'y a pas échappé. Au vers 54 de la prose: *Virgo mater Salvatoris*, il s'est oublié; il avait une jolie feuille de parchemin, les doigts lui démangeaient; sa plume courut un peu au hasard et il en résulta un de ces bonshommes anguleux comme nous en avons tous fait sur nos cahiers d'école. Quoi d'étonnant alors si dans la strophe même où il s'était permis cet enfantillage plus ou moins coupable, il a commis, le diable aidant, une faute pour laquelle un critique ne peut pas avoir d'indulgence. Il a écrit en effet, et M. G. a édité après lui (t. II, p. 342):

Unguentorum in odore
Sancti currunt cum amore
Quia novo flagrat flore
  Nova Christi *venia*. (49-52).

D'abord *venia* rime bien mal avec le mot qui lui correspond dans le vers 55, avec *aurea*. Et puis, que vient faire le « nouveau pardon » du Christ parmi ces odeurs de parfums et ces fleurs fraîches écloses? La rime et la raison demandent donc autre chose. Serait-il impossible de les satisfaire?

Sans aucun doute, les deux premiers vers sont une allusion au verset du Cantique des cantiques: *Trahe me, post te curremus in odorem unguentorum tuorum* (I, 3) et à l'antienne liturgique encore en usage aujourd'hui: *In odorem unguentorum tuorum currimus.* Mais les deux derniers ne feraient-ils pas également penser à quelque autre passage de l'Écriture? Nous lisons, toujours dans le Cantique des cantiques: Les « vignes » en fleur exhalent leur parfum: *Vineæ florentes dederunt odorem suum* (II, 13). Or, entre *venia* et *vinea*, la confusion est facile. Ce dernier mot s'harmonise parfaitement avec *aurea:* quand nous n'aurions pas d'autre preuve, l'induction seule devrait nous le faire adopter.

Mais le copiste du 934 n'a pas eu la distraction que nous avons signalée chez le copiste du 577. Il écrit parfaitement *vinea*, et c'est bien en effet de la vigne du *Christ*, de son Église dont il est ici question. *Vinea*, dit la clef de saint Méliton, *Ecclesia*. « *Vinea fuit pacifico* » ; « *Tradidit eam custodibus* » *hoc est Apostolis ;* « *Simile est regnum cœlorum homini patrifamilias qui exiit primo mane conducere operarios in vineam suam* (1) ». Or, la prose d'Adam qui nous occupe établit précisément une opposition perpétuelle entre le peuple hébreu « qui sait tout et ignore Dieu » et la gentilité qui « grandit dans la foi » :

Plebs hebræa jam tabescit ;
Multa sciens, Deum nescit,
Sed gentilis fide crescit
Visa Christi facie. (21-24).

La synagogue, c'est Agar qui s'afflige de voir grandir l'enfant de la femme libre, et répond par ses larmes au sourire de Sara ; c'est Esaü qui n'a que la rosée du ciel et la graisse de la terre, tandis que Jacob.

... Tractat de serenis
Et Christi dulcedine ! (47-48).

Il s'agit donc de l'épouse spirituelle du Christ dont la « vigne » est l'image, et c'est à elle et à son époux que s'adresse la dernière strophe de notre séquence :

Hæc est sponsa spiritalis
Vero sponso specialis ;
Sponsus iste nos a malis
Servet et eripiat ! (65-68).

Signalons à la hâte une correction à la prose XCII, v. 40 (p. 353) ; au lieu de

Panis vivus *mendicantis*,

on doit lire *manducantis* que porte le 934. — Le 577 a un barbarisme qu'a voulu faire disparaître M. G., il donne *mandicantis*. — Corrigeons également une faute de rime qui se lit à la page 391, vers 40 :

1. *Spicil Solesm.* 2, 449.

Indos Christo *lucrifacit*
Quorum rex hunc interfecit.

Le 577 porte cependant : *lucrifecit.* — Et arrivons à la prose C : *Stola regni laureatus* (p. 407 et seq.). Elle va me permettre une observation générale qui a bien son importance.

Le pluriel du pronom *hic, hæc, hoc* est susceptible, à certains cas, de recevoir une double orthographe. Ainsi on écrit également *hii* et *hi, hiis* et *his.* Nos Mss. ont adopté presque partout la première forme. M. G. a fait un choix, ou plutôt a suivi avec plus ou moins de bonheur l'inspiration du moment. Il en est résulté un assez grand nombre de vers faux, et la prose C n'en compte pas moins de cinq pour sa part :

Hii præclari Nazareni. (13).
Hii sunt templi fundamentum. (37).
Hii sunt portæ civitatis. (40).
Hii compago unitatis (41).
Hii triturant aream. (43).

Tous ces vers ont un pied de trop; les quatre premiers devraient avoir huit syllabes ; ils en ont neuf. — Le dernier devrait en avoir sept ; il en a huit. Il y a cependant une règle bien simple à suivre. Lorsqu'un vers contenant le pronom en question a besoin de deux syllabes pour être correct, adoptons l'orthographe disyllabique ; adoptons l'orthographe unisyllabique dans le cas contraire. L'accent d'ailleurs doit nous guider dans la poésie rythmique, et il est toujours d'accord avec la règle que nous proposons.

Je termine enfin ces observations si longues en corrigeant, dans une prose qui n'est certainement pas d'Adam, (M. G. le reconnaît lui-même), une correction on ne peut plus malheureuse. Le savant paléographe édite ainsi la strophe V de la prose *Augustino præsuli* (p. 483).

In perhenni requie
Revelata facie
Manens *reg* [*em*] gloriæ
Contemplatur : (36).
O doctor egregie
Tuæ sis familiæ,
Apud ipsum veniæ
Impetrator. (40).

La note unique dont cette pièce est accompagnée nous dit: « Ce texte est défectueux ». Raison de plus pour ne pas l'altérer encore. N'est-ce pas cependant ce qu'a fait M. G.? Il met *reg* [*em*] entre crochets et nous indique ainsi qu'il a cru devoir proposer une leçon différente de celle du Ms. Or, l'accusatif *regem* a nécessité l'emploi d'un verbe, et il a fallu faire subir au texte du 577 une seconde métamorphose: *contemplator* est devenu *contemplatur*. Par malheur, la rime qui doit exister entre le vers 36 et le 40 a disparu, *contemplatur* et *impetrator* n'étant pas homophones. Il faut donc renoncer hardiment à la correction du savant éditeur, et accepter malgré tout ce qu'elle a d'enchevêtré, la leçon pure et simple du Ms. :

In perhenni requie
Revelata facie,
Manens *regis* gloriæ
Contemplator.

c'est-à-dire à peu près : « O vous qui dans le repos éternel dans le face à face de la vision intuitive, contemplez sans cesse le roi de gloire; illustre docteur, pensez à nous qui sommes votre famille, et obtenez-nous la grâce du pardon ». *Manens* se rapporterait donc pour moi à *contemplator*, lequel gouvernerait *regis*, lequel gouvernerait *gloriæ*. Ces substantis régimes de substantifs sont assez peu dans le génie de la langue latine. Mais avec l'auteur, quel qu'il soit, de la prose qui nous occupe, il ne faut pas, sous ce rapport, nous montrer trop exigeants.

Voilà les remarques principales que j'avais à faire sur le texte d'Adam. Il me resterait à publier un grand nombre de variantes secondaires. Mais je ne suis pas assez fixé sur leur valeur, et je laisserai à de plus compétents la tâche ardue de se prononcer. Il me faut maintenant examiner la question si délicate de l'authenticité des *proses* attribuées au pieux Victorin. J'aurai le regret de différer d'opinion sur plus d'un point avec le savant professeur qui a publié tant de petits chefs-d'œuvre; mais je me garderai bien d'oublier la reconnaissance à laquelle il a droit: si d'autres en effet sont entrés, après lui dans la voie, c'est qu'il l'avait ouverte.

II. — AUTHENTICITÉ

DES PROSES D'ADAM DE SAINT VICTOR.

VOULOIR étudier sérieusement les Proses d'Adam de Saint-Victor, et ne pas se demander si toutes celles qu'on possède sous son nom sont authentiques, serait s'exposer de gaîté de cœur à des méprises bien réjouissantes. Kehrein en effet, dans le dernier recueil de séquences qui ait paru (1), n'attribue-t-il pas hardiment à l'illustre Victorin une pièce dont voici la première strophe :

Lætabunda
Psallat plebs cum mente munda
Christiana ;
Deum more
Collaudet gens læto ore
Gallicana (p. 435, n° 640).

Ne nous dit-il pas, sans une ombre d'hésitation, comme une chose toute naturelle : « L'auteur est Adam de Saint-Victor: *Auctor est Adam de Sancto Victore* » ? Or, cette séquence est en l'honneur de saint Louis ; Kehrein le reconnaît ; il suffit d'ailleurs de parcourir la seconde strophe pour s'en convaincre :

Qui post regnum labile
Ad inestimabile
Sublimavit
Ludovici solium
Turmisque lætantium
Sociavit. (7-12).

Par malheur, Adam était mort au plus tard en 1192. Saint

1. *Lateinische Sequenzen*, etc. Mainz, 1873.

Louis naquit en 1214 et fut canonisé en 1297. Ces dates ont bien leur éloquence. Il est en effet peu probable que saint Louis ait été célébré vingt ans avant sa naissance, ou qu'Adam soit sorti de son tombeau tout exprès pour faire des vers rythmiques un siècle et plus après sa mort !

Cette question de l'authenticité des Proses d'Adam n'a d'ailleurs jamais été, que je sache, sérieusement discutée depuis l'apparition des deux volumes de M. Léon Gautier. Or, à cette époque, je l'ai déjà dit, le savant paléographe était jeune ; il était dans tout l'enthousiasme d'une découverte : plus de soixante proses nouvelles, plus de soixante chefs-d'œuvre ! Ne devait-il pas être quelque peu indulgent, quelque peu paternel pour ses autorités ? Ne les a-t-il pas groupées trop artistement ? L'union, chacun le sait, n'est bien souvent que la force des faibles. Nous allons donc les reprendre une à une, les étudier, les discuter de sang-froid et nous demander si au lieu d'une indéniable certitude, elles ne constitueraient pas une somme réellement trop minime de probabilités.

Ces autorités sont au nombre de cinq(1). La première, celle que M. G. donne comme un simple « confirmatur » des quatre autres, la plus faible selon lui par conséquent, est le témoignage du Graduel de Saint-Victor, des Graduels de l'église de Paris et de l'abbaye de Sainte-Geneviève. — La seconde est le ms. 577 de l'ancien fonds de Saint-Victor (2). — La troisième est le témoignage du Père Simon Gourdan. — La quatrième est la liste de Jean de Thoulouse. — Et enfin la cinquième, « la plus incontestable », est la liste de Guillaume de Saint-Lô (3).

1. *Œuvres poétiques d'Adam*, p. 4.

2. Aujourd'hui 14872 fonds latin B. N.

3. Dans notre précédent article, nous avons dû admettre comme d'Adam toutes les proses éditées par M. G. Les expressions que nous avons pu employer ne prouvent donc pas que nous regardons telle ou telle pièce comme authentique. Ces réserves faites, relevons encore au courant de la plume quelques variantes assez importantes.

Tome I -33, 23 præsignavit ; 55, 41 rei ; 63, 14, sint ; 82, 17 mitius; 83, 23 fallitur ; 89, 38 Christus ; 108, 33 paret ; 109, 50 sine ; 156, 25 viro ; 156, 40 ejus tutus sanguine ; 256, 21 Anglia ; 258, 58 veræ ; 333, 38 inhorrescit. — Tome II — 72, 28 synagogas ; 91, 53 ipsum caput ; 54, Christi ; 106, 10 possit ; 116, 72 renovatur ; 190, 27 fructum ; 192, 68 commenda ; 229, 22 sit ; 230, 56 terrenus ; 323 cruciator ; 341, 11 per quem ; 353, 29 facta ; 392, 75 consessuri ; 427, 69 rivo. (Le premier n° indique la page, le second le vers).

Laissons de côté, pour l'instant, le « confirmatur », et occupons-nous des quatre autorités sérieuses.

Qu'est-ce donc avant tout que le ms. 577 ? Nous donne-t-il, peut-il nous donner « *sous le nom de l'auteur* le texte de presque toutes les Proses d'Adam (1) ? » M. G. l'a cru, devait-il le croire ?

Sans aucun doute, le ms. porte à sa dernière page quelques lignes d'une écriture postérieure, (du temps de Louis XI, paraît-il), et qui ont la prétention d'être une table. Elles nous disent, avec un solécisme, que les proses qui précèdent sont d'Adam le Breton, jadis chanoine de Saint-Victor de Paris : *Prosæ editæ a magistro Adam Britonis* (sic), *quondam canonico Sancti Victoris Parisiensis.* Mais on sait ce que sont trop souvent les «Indices» d'un ms., et ce que valent leurs affirmations les plus catégoriques. Or, dans le cas présent, n'allons-nous pas avoir une raison sérieuse de nous mettre en défiance ? La prétendue table ajoute en effet que les Proses sont sur Dieu, la Vierge Marie et divers Saints : *de Deo, Virgine Maria et de diversis sanctis!* Or telle n'est pas la division adoptée. On a d'abord transcrit (et M. G. ne me contredira pas,) les proses du *Propre du temps* (fol. 88 à 94), puis celles du *Propre des Saints* (95 ad finem). Et cette division est on ne peut mieux marquée, car le verso du feuillet 94 est resté en blanc (2). Le scribe quelconque qui a rédigé la note ne savait donc pas au juste ce que contenait son ms. Il a affirmé, avec tout l'aplomb de l'ignorance ou de la légèreté que c'étaient les proses d'Adam le Breton. En bonne critique devons-nous le croire ? Devons-nous affirmer à notre tour que le 577 renferme les proses d'Adam, qu'il les renferme sous le nom de l'auteur, et cela quand le contenu même du ms. s'y oppose ?

Le 577 en effet, et toutes les tables du monde n'y peuvent rien, n'est autre chose qu'un recueil de séquences, composé à la fin du XIVe siècle, très incorrect, dans lequel on a fait

1. Gautier, I, p. 5.

2. Cette division n'a pas échappé à un annotateur plus intelligent et moins affirmatif qui s'est contenté d'écrire en bas de la page 120 : *78 prosæ de sanctis, præter 38 de tempore; simul hic continentur 116.* Le ms. néanmoins ne nous donne que 113 proses. Le *Lauda Sion* en effet y est répété deux fois. Il en est de même pour la prose de St Barthélemy : *Laudemus omnes inclyta*, et pour celle de S[t]. Augustin : *Æterni festi gaudia.*

entrer de tout un peu, sans beaucoup d'ordre et sans aucune critique. On y trouve des proses de la première époque, des proses de transition, des proses d'Adam, et enfin des proses postérieures à Adam. Le *Veni sancte Spiritus* que M. G. dit être du XIIIe siècle s'y rencontre à côté du *Sancti Spiritus* auquel on donne pour auteur le roi Robert. Le *Victimæ paschali laudes* y a sa place non loin du *Lauda Sion.* Les vieux hexamètres de l'*Alma chorus Domini* que leur grave allure a fait attribuer à Notker y figurent en compagnie des vers rythmiques beaucoup plus jeunes, beaucoup plus légers du *Regis et pontificis.* Or, cette dernière pièce a été composée pour la fête de la susception de la Sainte Couronne, c'est-à-dire sous saint Louis. Il est donc impossible qu'un pareil ms. nous donne *sous le nom de l'auteur* les proses de notre Adam ; il en contient sans doute un certain nombre, un très grand nombre si l'on veut ; mais il contient aussi tout autre chose !

Cependant la première partie du ms. n'a-t-elle pas, comme l'affirme M. G., une « autorité irrécusable » ? C'est en effet l'expression qu'il emploie en tête de la prose pour la Dédicace : *Clara chorus dulce pangat* (T. I, p. 174) ; n'a-t-elle pas été habilement corrigée par « une main intelligente » (I, p. 5). qui a « écrit à côté d'un certain nombre de pièces : *Non est Adami nostri* » ?

Je ne le crois pas, et M. G. lui-même sera bientôt, je l'espère, plus que personne de mon avis. Si cette main, en effet, s'était contentée d'écrire, de place en place, le long des marges du 577, la phrase stéréotypée par laquelle elle donne à entendre qu'une prose n'est pas d'Adam, peut-être aurait-on pu la croire « intelligente ». En tous cas on n'aurait eu aucune raison, ou à peu près, d'affirmer le contraire. Mais hélas! cette main a trop écrit, et en y regardant de près, il n'est pas impossible de trouver d'elle deux lignes qui sont sa condamnation. Elles se lisent en tête du ms., sur le papier de garde : la ressemblance d'écriture est frappante, et saisit l'œil le moins exercé (1). Elles portent textuellement : *Hymni, seu (ut dicunt), prosæ, partim Adami nostri, 88, sed pag. 95 consequentium,* c'est-à-dire que pour elle les « *hymnes* » (!) ou plutôt les proses d'Adam n'occupent pas tout le ms., mais

1. J'ai dû, pour plus de sûreté, communiquer cette petite découverte à une personne très compétente en paléographie : elle m'en a garanti la parfaite exactitude.

une partie seulement, de la page 88 à la page 95. Voilà pourquoi sans doute elle n'a pas poussé plus loin ses annotations ! Mais alors, de deux choses l'une : ou cette main est « intelligente », ou elle ne l'est pas ! Si elle est intelligente, ce qui n'est pas mon avis, il nous faut renoncer à attribuer à Adam une seule prose du propre des Saints, puisque ce propre commence à la page 95, et qu'à partir de cette page tout est l'œuvre de poètes postérieurs : *consequentium !* Il nous faut supprimer tout le second volume de M. G. et même une bonne partie du premier. — Si au contraire elle n'est pas intelligente, ce que je crois, devons-nous reconnaître aux sept premiers feuillets du 577 cette « autorité irrécusable » dont les a si libéralement gratifiés le savant paléographe ? Évidemment non. — De quel poids alors est ce fameux manuscrit ? Il ne contient pas, je l'ai démontré, il ne peut même pas contenir « *sous le nom de l'auteur* le texte de presque toutes les proses d'Adam. » Au point de vue critique il n'a pas plus de valeur au commencement qu'à la fin. Il ne peut donc servir, — et encore faudra-t-il beaucoup de prudence, — qu'à confirmer une autorité réelle. Mais cette autorité, où la trouverons-nous ? sera-ce dans le témoignage du P. Simon Gourdan ?

Le père Simon Gourdan fut, à n'en pas douter, un bien saint homme. Il compila pieusement tout ce qu'on pouvait compiler sur l'abbaye de Saint-Victor, et même quelque chose de plus. Il rédigea le tout en style fort ampoulé, fort onctueux et remplit six énormes *in-folio* (1). Quelle confiance mérite son témoignage ?

La question, il me semble, ne devrait même pas se poser. Le père Simon Gourdan a eu en effet le tort irréparable de vivre plus de cinq siècles après Adam : il ne mourut qu'en 1725. Or, que peut bien nous apprendre un Victorin du XVIIIe siècle sur un Victorin du XIIe ? Il en est réduit, ainsi que le commun des mortels, à consulter ou des manuscrits ou des imprimés. Son autorité personnelle est nulle, et son témoignage ne vaut que ce que valent ses sources. Avec la meilleure volonté du monde, il est impossible en

1. *Les Vies et les Maximes saintes des Hommes illustres qui ont fleuri dans l'abbaye de Saint-Victor*, par le P. Simon Gourdan, 7 livres en 6 vol. in-folio, B. N. 22396 à 22401.

effet d'être de l'avis de M. G. lorsqu'il nous dit (p. LX) : « La tradition était aussi fraîche au temps de Jean de Thoulouse et de Simon Gourdan que du vivant de Guillaume de Saint-Lô. » Or, qu'est-ce qu'a donc consulté le P. Simon Gourdan ? — Des manuscrits ? — Nullement. Il ne faisait pas tant un travail de critique qu'un travail de piété. Il a donc tout simplement consulté des imprimés. — Et quels imprimés ? Il a pris soin de les indiquer lui-même en marge de la page 209 du ms. 22.400 *(fonds français B. N.).* On y lit en effet : *In prosis editis Parisiis in Missali S[ti] Victoris, anno 1529, et apud Clictovæum 1556, in Elucidatorio.* Il a donc paraphrasé les proses éditées à Paris dans le Missel de Saint-Victor à la date de 1529, et celles qu'a reproduites Clictové dans son *Elucidatorium*, en 1556. Or M. G. n'admet-il pas qu'un Missel de Saint-Victor n'a pas « d'autorité réelle quand il s'agit d'attribuer telle ou telle composition à Adam (p. 5.) » ? Un Missel de 1529 doit même nous inspirer une certaine défiance, car bien des pièces étrangères ont pu s'y glisser en trois siècles et demi. Quant à Clictové, c'est, nous dit M. G., une « triste autorité » (p. CLXIII, en note) ; « il a bien mal cherché dans les mss. ou plutôt il n'a pas cherché du tout » (p. CLXI) ! L'attention « la plus superficielle » aurait dû « faire voir à ceux qui l'ont suivi, son erreur et sa négligence impardonnable ! » (p. CLXII) — Pauvre père Simon Gourdan, que devient son témoignage ? N'est-ce pas M. G. qui en a fait justice ?

Il n'a d'ailleurs, à vrai dire, que ce qu'il était en droit d'attendre, car il ne semble pas avoir fait des proses d'Adam une étude bien approfondie. Ses citations sont souvent fautives. Il écrit par exemple.

Lima vetus expurgetur (p. 218).

au lieu de *zyma* vetus. Mais peut-être n'est-ce là qu'un oubli de plume. — Le vers:

Ad honorem *tuum*, Christe

de la prose en l'honneur de saint Jean-Baptiste devient pour lui : ad honorem *suum* (p. 230). Celui de la prose en l'honneur de saint Pierre et de saint Paul :

Roma Petro *glorietur*

voit son subjonctif métamorphosé en indicatif, *gloriatur*, sans respect du sens ni de la rime (p. 232). Enfin, ce qui est plus grave, le début de la prose des Apôtres :

Cor *angustum* dilatemus

« Dilatons l'étroitesse de notre cœur », reçoit à six reprises (1) la leçon détestable : *Cor augustum* (2) ! Ces erreurs et d'autres que j'omets de citer ne laissent aucun doute possible. Le père Simon Gourdan a travaillé à la légère ; il a d'ailleurs travaillé sur un Missel imprimé qui n'avait pas grande autorité et sur Clictové envers qui M. G. (et pour cause), n'est pas tendre : son témoignage est sans valeur.

N'en serait-il pas de même pour celui de Jean de Thoulouse ?

Jean de Thoulouse, dit M. G. (p. CLXVIII), « reproduit la notice de Guillaume de Saint-Lô, et donne comme le ms. 842 la liste des Proses (3). Il est seulement à remarquer qu'il la donne avec quelques variantes. Elle est aussi complète, mais offre une meilleure disposition, et a été remaniée par une main intelligente. C'est l'œuvre d'un homme de talent et de critique qui ne copie pas servilement ses prédécesseurs, et *s'est éclairé de plusieurs manuscrits.* »

Voici revenir, comme pour le 577 une « main intelligente ! » Or, est-ce bien cette épithète que mérite la main de Jean de Thoulouse, en tant du moins qu'elle a copié la liste de Guillaume de Saint-Lô ? Le lecteur me permettra un certain nombre de citations, de rapprochements, et il jugera. Guillaume de Saint-Lô a fait un contre-sens qui est en même temps une faute de rythme ; dans le premier vers de la prose pour la circoncision, au lieu de :

Hăc dĭĕ féstă *cŏncĭnĭt*

il a écrit *concinnat*, avec deux *n*. Jean de Thoulouse a reproduit le même contre-sens ! — Guillaume de Saint-Lô s'est permis un solécisme ; il a cru que *torus* était du neutre :

Ante thorum *virginale* (4)

1. p. 231, 233, 234 bis, 235 bis.
2. Ajoutez *Corde, voce jubilemus*, au lieu de *Corde voce pulsa cœlos* (II, 70).
3. Pourquoi M. G. insinue-t-il (p. 4.) qu'il a trouvé la liste de Guillaume de St-Lô dans le ms. 554 ? Elle n'y est pas, je le crois du moins.
4. Gautier II, 335 :

Ante thorum virginalem
Hymnum dicat spiritalem
Per orbem ecclesia.

Jean de Thoulouse ne s'est pas dit que *torus* est du masculin, que l'adjectif doit par conséquent être *virginalem ;* il a lu *virginale* dans son ms., il a copié *virginale*. Guillaume de Saint-Lô qui écrivait sur un papier peu large, qui consacrait invariablement une seule ligne à chaque titre de prose a dû parfois laisser des mots inachevés ; il a écrit par exemple :

Aquas plenas *ama*

pour

Aquas plenas *amaritudine* (1)

Jean de Thoulouse qui copiait sur un in-folio, qui ne se faisait pas faute d'enjamber d'une ligne à l'autre, reproduit sans sourciller : *Aquas plenas ama* ! — Quelquefois cependant ses connaissances latines se réveillent, et là où Guillaume de Saint-Lô nous dit :

Celebremus *vi*

au lieu de

Celebremus *victoriam*, (2)

il écrit bravement :

Celebremus *viri !* (3)

Ce n'est pas tout, et la preuve va devenir plus manifeste encore. Guillaume de Saint-Lô a commis des non-sens, et invariablement Jean de Thoulouse, (le malheureux !) les a reproduits. Tous deux ont parlé de la « tombe » de Sion, au lieu de la « trompette » de Sion !

Tumba Syon jocundetur

pour

Tuba Syon ! (4)

Tous deux ont célébré l' « humilité » de la tige de Jessé :

Jesse virgam *humilem*

au lieu de sa fécondité lorsqu'elle fut arrosée de la « pluie du ciel » :

Jesse virgam *humidavit* ! (5)

1. Gautier I, 271, St Thomas de Cantorbéry.
2. Gautier II, 13, St Nérée et St Achille.
3. Au lieu de *Lux advenit* veneranda, G. de St-Lô donne *lux advenit* vene. J. de Thoulouse qui ne comprend rien à ce *vene* le supprime !
4. Gautier II, 79, Ste Marguerite.
5. Gautier II, 377, Fêtes de la Ste Vierge.

Tous deux ont changé en « grâce » le « grain » de l'Évangile qui produit cent pour un, et ont écrit :

Per unius casum *gratia*

au lieu de

Per unius casum *grani.* (1)

Et si j'ajoute que l'un et l'autre ont :

Orbis totus *nitida*

pour

Orbis totus
Unda lotus, (2)

que l'un et l'autre donnent :

Gratiani grata *solis*

pour

Gratiani grata *solemnitas ;* (3)

que l'un et l'autre enfin ont remplacé le vers

Plausu chorus *lætabundo* (4)

par cet autre de leur invention :

Plausum chorus *lætabundus ;*

Si j'ajoute que tous ces rapprochements (5), toutes ces erreurs en partie double sont extraites de 90 lignes à peine, aurai-je démontré que Jean de Thoulouse est un copiste servile, et que sa main n'est pas le moins du monde une « main intelligente ? »

Mais n'a-t-il pas, comme l'assure M. G. (p. 4), donné la liste de Guillaume de Saint-Lô « avec quelques variantes » ? et « ces différences ne doivent-elle pas augmenter notre confiance en son autorité » ? ne prouvent-elles pas qu'il a eu d'autres manuscrits sous les yeux ?

En aucune façon: elles ne sont en effet que des variantes insignifiantes, des différences orthographiques, des corrections à la portée du premier venu. Et si une fois, (mais une

1. Gautier II, 297, St Quentin.
2. Gautier II, 365, Fêtes de la Ste Vierge.
3. Gautier II, 275, St Gratien.
4. Gautier II, 417, Commun des Évangélistes.
5. On pourrait facilement grossir encore cette liste déjà si longue. Ainsi G. de St-Lô a écrit *Pia mater plang*it pour *pia mater plang*at *Ecclesia ;* J. de Thoulouse l'a copié : — *Missus Gabriel de* cœlo pour *Missus Gabriel de* cœlis qui doit rimer avec *verbi bajulus* fidelis, etc.

seule), nous rencontrons une variante sérieuse, cette variante est une grave erreur.

Les différences orthographiques sont les suivantes ; je les relève à la suite comme elles se présentent dans les deux mss. :

Guillaume de St-Lô 842	Jean de Thoulouse 1037	
j*o*cunda	j*u*cunda	
paracl*i*tus	paracl*e*tus	
conci*n*at	conci*nn*at	(1)
so*ll*emnitas	so*l*emnitas	
mart*i*ris	mart*y*ris	
paran*i*mphus	paran*y*mphus	
Margar*i*ta	Margar*e*ta	
Apollinar*e*	Apollinar*i*	
Cath*e*rina	Cath*a*rina	

Jusqu'ici, c'est peu grave, et il n'y a rien qui puisse « nous donner confiance » en Jean de Thoulouse. Il a simplement appliqué l'orthographe de son temps à des mots auxquels Guillaume de Saint-Lô avait appliqué l'orthographe du sien.

Mais n'a-t-il pas fait certaines modifications ? Volontairement ou non il en a fait cinq : pas une de plus, je crois, pas une de moins. Sont-elles sérieuses ?

Au lieu de *corde voce* pulsat, il a écrit *corde voce* pulsa, et il a eu raison (2). —Au lieu de Panga *chorus*, (qui est un barbarisme), il a corrigé : Pange *chorus*, et il a eu tort : le texte véritable est Pangat *chorus* (3). — Au lieu de : *In* collatione *S[ti] Joannis Baptistæ* qui n'a pas de sens, il a mis : *in* decollatione, ce qu'un septième aurait trouvé. — Enfin, dans une prose très connue, la prose du commun des Saints (4), il a remplacé *gloria* par *gaudia*. Franchement peut-on soutenir que ces différences aient une valeur critique quelconque ?

J'ai dit qu'il avait fait cinq corrections, et je n'en ai cité que quatre. Quelle est donc la cinquième ? Elle est sérieuse, très sérieuse même, mais hélas ! elle n'est pas faite pour nous donner confiance en son auteur. Elle a fait tomber M. G. qui n'y a pas pris garde dans une erreur grave. Elle lui a fait éditer parmi les œuvres d'Adam une prose

1. Les deux *n* de ce *concinnat* ont été amenées à n'en pas douter par le voisinage de *Hac die festa concinnat* dont j'ai parlé.
2. Gautier II, 71, Commémoration de St Paul : *Corde voce pulsa cœlos.*
3. Gautier II, 98, St Jacques le Majeur.
4. *Supernæ matris gaudia.*

qu'Édelestand du Méril avait trouvée dans un ms. du XIe siècle, et publiée dans ses *Poésies populaires latines.* (1) Au premier abord en effet, cette correction a l'air très anodine. La voici. Guillaume de St Lô après avoir cité la prose de St Jean-Baptiste :

Præcursorem summi regis

ajoute simplement :

De sancto Ægidio : Promat pia vox
Item alia : Congaudentes exultemus.

Jean de Thoulouse reproduit comme il faut la première ligne :

De sancto Ægidio : Promat pia vox.

mais arrivé à la seconde, afin sans doute de ne pas copier servilement ses prédécesseurs et de prouver qu'il avait fait usage de plusieurs mss., il écrit hardiment :

De Sancto Nicolao : Congaudentes exultemus.

Il a tort : et si nous le croyions sur parole nous aurions tort comme lui. En effet, (ainsi que l'a remarqué M. G., mais sans en tirer le parti qu'il aurait dû), il y a deux proses qui commencent de la même manière. L'une est celle de St Nicolas :

Congaudentes exultemus vocali concordia
Ad beati Nicolai festiva solemnia ! (2)

L'autre est celle de St Gilles :

Congaudentes exultemus
Exultantes celebremus
Ægidî solemnia. (3)

Or, ce n'est évidemment pas de la première, mais de la seconde qu'il peut être question. Dans sa liste en effet, Guillaume de Saint-Lô suivait un ordre, celui de l'année liturgique. Après la prose sur St Jean-Baptiste, dont on célèbre la Décollation le 29 août :

Præcursorem summi regis,

il devait passer aux proses de septembre: or, la fête de

1. p. 170. — M. G. Paris dans sa *Lettre à M. L. Gautier* demande comment concilier l'attribution de cette pièce à Adam avec son existence dans un ms. du XIe siècle. — Je crois répondre à sa question.
2. Gautier I, 202.
3. Gautier II, 174. Le texte porte *Ægidii solemnia;* mais le vers a une syllabe de trop, puisqu'il doit correspondre à *Summa petit gaudia.* Il faut donc contracter les deux *i.*

4

S. Gilles est indiquée pour le 1er de ce mois au martyrologe romain ; il cite donc d'abord :

Promat pia vox cantoris,

qui est en l'honneur de ce saint confesseur ; puis il ajoute une seconde prose où le même Saint est également célébré: *Item alia*,

Congaudentes exultemus;

Il passe ensuite à la prose des saints Anges qui sont honorés le 28 septembre, et de la sorte tout se suit, tout s'enchaîne sans soubresaut. Au contraire quand Jean de Thoulouse intercale sa prose de S. Nicolas que l'on fête le 6 décembre, il trouble tout, il nous fait passer d'un mois à un autre mois pour revenir ensuite en arrière ; il prouve étourdîment qu'il n'est pas un « homme de critique », et que s'il a la « main intelligente », il ne l'a pas heureuse.

Jean de Thoulouse a donc copié servilement Guillaume de Saint-Lô ; il a copié ses barbarismes, ses solécismes, ses abréviations, ses non-sens ! Pour une correction sérieuse qu'il a voulu se permettre, il est tombé, il a fait tomber M. G. dans une erreur grave. — N'a-t-il pas néanmoins donné à sa liste « une meilleure disposition » ? — On nous l'affirme, nous sommes obligés de le nier : les vers eux-mêmes sont coupés après les mêmes mots. — On nous dit (1) qu'il aurait ajouté à la liste de Guillaume de saint-Lô deux proses pour Noël :

In natale salvatoris (2)

et

Jubilemus salvatori. (3)

Or, ces deux proses sont dans la liste de Guillaume de Saint-Lô, l'une à la quatrième, l'autre à la cinquième ligne : il n'a eu qu'à les copier. — On nous dit qu'il est seul à citer comme d'Adam la prose de saint Martin :

Gaude Sion quæ diem recolis (4)

Or Guillaume de Saint-Lô l'avait citée avant lui, entre la prose de saint Quentin,

1. Gautier CLXIX : « Nous avons écrit en italique les premiers vers des proses qui ne sont pas indiquées dans le ms. 842 et ne le sont que dans les mss. de Jean de Thoulouse.

2. idem, n° 6. — 3. idem, n° 7. — 4. idem, n° 82.

Per unius casum grani

et celle de sainte Catherine,

Vox sonora nostri chori.

— On nous dit (1) qu'il a rejeté au contraire la prose des Évangélistes,

Jocundare plebs fidelis

qu'aurait donnée son prédécesseur. Or cette prose, son prédécesseur ne l'avait pas donnée. Il m'a été impossible du moins d'en trouver trace dans la liste de Guillaume de Saint-Lô que j'ai cependant collationnée, à deux reprises, avec le plus grand soin. Dans ces conditions, quelle valeur a le témoignage de Jean de Thoulouse ? que prouve-t-il ? que confirme-t-il ? Ne doit-il pas être rejeté impitoyablement de même que le témoignage du père Simon Gourdan (2) ? de même que le témoignage du 577 ?

Il ne me reste plus à discuter qu'une seule autorité, celle que M. G. appelle « la plus incontestable », la liste de Guillaume de Saint-Lô. Comme nous sommes ici au cœur même du sujet, on me permettra d'insister quelque peu.

Guillaume de Saint-Lô vivait cent cinquante ans après

---

1. idem, n° 91.

2. Il y a cependant deux proses dans la liste de Jean de Thoulouse qui ne se lisent pas dans celle de Guillaume de Saint-Lô. La première est le *Martyris Victoris laudes*, cette plate imitation du *Victimæ paschali*. Jean de Thoulouse avait affirmé *ex professo*, dans le corps de son ouvrage, que le morceau était d'Adam. Il y avait conflit entre son opinion et celle de Guillaume de Saint-Lô. Que fit-il ? Il jugea dans sa propre cause et se donna raison. — Qu'est-ce que cela prouve ? Qu'Adam a commis le vers :

Cruciatus *fortes*, miracula sunt *testes* ?

ou celui qui suit :

Ad cujus preces *defuncti*, suscitantur, sanantur infirmi ?

Nullement. En pareil cas il reste l'appel au bon sens. — Pour la seconde pièce, celle de saint Léger : *Cordis sonet ex interno*, la difficulté est plus sérieuse. Remarquons néanmoins que Jean de Thoulouse a fait honneur à notre Adam de toutes les proses possibles sur saint Augustin et sur saint Victor, c'est à dire sur les deux patrons de son ordre ou de son abbaye. C'est en quelque sorte chez lui un parti-pris, et la preuve c'est qu'il n'a pas même reculé devant l'*Exultet ecclesia ex Victoris victoria* ! Or, nous le savons par le P. Simon Gourdan, saint Léger était un des saints pour qui les Victorins avaient une dévotion spéciale. Ces réflexions, sans doute, ne préjugent en rien l'authenticité ou la non-authenticité de la pièce elle-même, mais elles expliquent son introduction subreptice dans la liste de Jean de Thoulouse, et c'est la seule chose en question pour l'instant.

Adam : il mourut en 1349, le jour de la Trinité (1). Or, quoi qu'on puisse en dire et tant d'éloquence que l'on déploie, cent cinquante ans dans une abbaye comme ailleurs emportent bien des choses, — surtout lorsqu'il s'agit de premiers vers de Séquences. Voilà pourquoi sans doute Guillaume de Saint-Lô a pu nous donner si peu de détails sur Adam. Sa notice en effet est tout ce qu'on peut imaginer de plus vague et de moins précis : « Vers le temps, dit-il, de très excellent docteur Hugues de Saint-Victor, fleurit aussi excellent et célèbre docteur, maître Adam, chanoine profès du même Saint-Victor de Paris, breton de nation, humble et agréable dans la vie, utile pour sa doctrine et son érudition : *Circa tempora excellentissimi doctoris magistri Hugonis de Sancto Victore, floruit et excellens et celebris doctor magister Adam, ejusdem Sancti Victoris Parisiensis canonicus professus, natione Brito, conversatione humilis et gratus, doctrina et eruditione utilis.* » Franchement ne pourrait-on pas désirer quelques détails supplémentaires, et Jean de Thoulouse n'a-t-il pas raison quand il compare ces phrases au voile dont Timante avait jadis couvert le visage d'Agamemnon (2) ?

D'ailleurs, quelle était la valeur intellectuelle de cet homme en qui l'on nous demande une si grande confiance ? Il nous en a laissé des échantillons en prose et en vers. A la fin de sa notice si courte, si peu nourrie de faits, il accumule à plaisir les allusions enfantines, il joue de la manière la plus puérile sur le nom d'Adam, il s'écrie, en citant la Sainte-Écriture sans raison et contre toute raison : « Que le lecteur répète lui aussi : *Adam exemplum meum ab adolescentia mea !* Car on est en droit d'appeler notre Adam le modèle des religieux ; c'est en effet de lui qu'il a été dit : *In funiculis Adam traham eos, in vinculis caritatis !* Et si l'on demande comme le Créateur: *Adam, ubi es ?* Je répondrai que sous cette tombe aux clous de cuivre, Adam est retourné à la terre d'où il est sorti » (3) ! — Ses vers sont plus détestables encore. Il a bien osé

---

1. *Guillelmus a sancto Laudo, doctor in theologia et abbas, anno 1345 ; obiit anno 1349 die festo sanctissimæ Trinitatis.* (Catalog. des chanoines de St-Victor)

2. *Tanti patris memoriam quia non possent patres nostri exprimere pro meritis, his paucissimis verbis indicarunt et quasi velarunt, Timantem multi celebratique nominis pictorem imitati* (Ancien 1037 du fonds de St-Victor ; aujourd'hui 14679, fonds latin, B. N., p. 1128.)

3. *Dicat ergo qui viderit præsens scriptum ad illud quod dicit Scriptura :* Adam exemplum meum ab adolescentia mea. *Et bene dicitur exemplum religiosorum*

y dire que Hugues, Richard et Adam de Saint-Victor « étincellent comme trois épées, exhalent l'odeur du nard, sont de vigilants Argus pour tout ce qui est bien ! » Et comme si ces éclatantes beautés n'étaient pas à elles seules plus que suffisantes pour orner huit hexamètres, il a trouvé moyen d'y introduire des termes comme *principiatores*, d'abréger le neutre du pronom *hic, hæc, hoc* et la première syllabe du substantif *civitas*, etc. ; il a enfin commis sur les chanoines non canonisés, *canonici licet absint canonizati (!)* un de ces mots qui dérident, mais aux dépens de celui qui les fait. Voici d'ailleurs les huit vers *in extenso :* il serait cruel d'en priver le lecteur :

Sunt ibi doctores tres primi [1] Parisienses,
Principiatores studii, radiantes velut enses [2].
Flagrant ut nardus ; hic Adam situs, Hugo, Richardus ;
Nullus in his tardus, sed ad omne bonum vigit Argus.
Plurima scripserunt : factis, verbis docuerunt
Cum populo clerum. Scit hoc hæc civitas fore verum !
Hi tres canonici, licet absint canonizati,
Mente pia dici possunt tamen esse beati !

On le voit, le niveau intellectuel de Guillaume de Saint-Lô est des plus humbles, son goût littéraire des moins exquis. Mettez-lui entre les mains tous les manuscrits possibles (et rien ne prouve qu'il les ait eus) ; faites-lui consulter tous les anciens religieux (et rien ne démontre qu'il l'ait fait) ; il manquera quand même de jugement et de critique, il acceptera ses renseignements d'où qu'ils viennent, il sera incapable de les contrôler.

N'est-ce pas en effet ce qui lui est arrivé ? D'abord, il nous fait des proses d'Adam une énumération décroissante fort peu adéquate : « Adam, dit-il, composa beaucoup de proses sur la Trinité, sur l'Esprit-Saint, sur la glorieuse Vierge Marie, pour laquelle il avait une dévotion spéciale, sur les Apôtres et sur plusieurs autres Saints : *Valde multas prosas fecit de benedicta Trinitate, de Spiritu Sancto, de gloriosa Virgine Maria, (ad quam specialem devotionem noscitur habuisse,) de Apostolis et de aliis pluribus Sanctis.* Que de-

quia dictum est de eo et de illis : In funiculis Adam traham eos, in vinculis charitatis. *Si autem quæres cum Scriptura ; Adam ubi es ? respondebitur quod sub ista tumba clavata, in terra unde formatus est Adam similiter est sepultus*... etc.

1. M. G. a lu *theoprimi* (p. XCI). Guillaume de St-Lô est bien capable de l'avoir écrit. Mais le ms. 14677 porte *tres primi* qui offre un sens, et que je rétablis.

2. Comment scander ce vers ?

viennent dans tout cela les Proses de Noël et de Pâques? Et comment quelqu'un qui aurait connu à fond les œuvres d'Adam en aurait-il précisément oublié les parties capitales?

Mais voici qui va devenir plus grave. Les fautes de rime, les barbarismes, les non-sens que Jean de Thoulouse avait servilement copiés, quel en est donc le premier auteur? N'est-ce pas Guillaume de Saint-Lô qui a écrit d'abord « *concinnat* » pour « *concinat* », « Pia mater *plangit* » pour « Pia mater *plangat* », « Missus Gabriel de *cœlo* » pour « Missus Gabriel de *cœlis* » ?

N'est-ce pas à lui que reviennent de droit :

Tumba Sion jocundetur,

et :

Jesse virgam *humilem*,

et :

Per unius casum *gratia* ?

N'est-ce pas à lui qu'il faut faire honneur de :

Gratiani grata *solis*,

et de

Orbis totus *nitida*,

et de

Plausum chorus *lætabundus*?

Mais alors, il était bien peu au courant de ces proses dont il entend dresser la liste! Mais alors n'a-t-il pas laissé passer des erreurs d'attribution non moins énormes que ses erreurs de texte ?

S'il est une chose qui doive surprendre un critique attentif, c'est de lire en face de la prose : *Jerusalem et Sion filiæ* la mention on ne peut plus étrange : *De Sancta Maria* (1). Cette prose en effet n'a aucun rapport, absolument aucun avec la très sainte Vierge; elle se chante encore aujourd'hui dans l'église de Paris pour la fête de la Dédicace, et elle ne peut se chanter que ce jour-là : sa première strophe le prouve :

Jerusalem et Sion filiæ,
Cœtus omnis fidelis curiæ,
Melos pangas jugis lætitiæ
Alleluia !

1. M. G. nous dit à tort que dans le 882 cette prose a pour titre *de Sancto Johanne evangelista*. Le 882, comme le 1037 ont également *de Sancta Maria*.

Christus enim desponsat hodie
Matrem nostram, norma justitiæ,
Quam de lacu traxit miseriæ
Ecclesiam.

Or, cette mention étrange, incompréhensible, qui a pu l'écrire, sinon un homme qui ne connaissait pas le contenu de la pièce, qui n'en avait pas étudié le style, qui par conséquent mérite fort peu de créance lorsqu'il nous en nomme l'auteur !

Ce n'est pas tout, et l'autorité de Guillaume de Saint-Lô va être bien plus compromise. Il existe, on le sait aujourd'hui, des différences capitales entre les proses de la première époque et celles de la seconde ; les unes admettant des rimes rudimentaires (1) et les autres des rimes parfaites (2) ; les unes ayant un vers irrégulier, avec un nombre de syllabes variable (3), les autres ayant au contraire un vers très régulier, un nombre égal de syllabes et d'accents. Or Guillaume de Saint-Lô a introduit dans sa liste, a donné sous le nom d'Adam des proses qui sont évidemment de la première époque. Et ce qu'il y a de plus fort, c'est que M. G. lui-même l'a reconnu, c'est qu'il l'a constaté, au risque d'expliquer ensuite la chose comme il a pu. Voici ces pièces : elles sont au nombre de quatre. Je ferai suivre le titre de chacune d'elles des réflexions mêmes dont le savant professeur les accompagne.

1° *Hac die festa concinat multimoda camena*, *I*, *48*.

« Cette prose est sans doute une des premières qu'ait composées Adam ;... la belle strophe de six vers que nous avons vue dans toutes les proses antérieures n'était pas encore créée. » M. G.

2° *Trinitatem simplicem*, *I*, *139*.

« Cette petite prose est d'une versification dont l'irrégularité a lieu de nous surprendre chez Adam. » M. G.

3° *Christo laudes persolvat* (4) *I*, *247*.

« Cette prose est entièrement écrite à la manière des proses notkériennes ou de la première époque. » M. G.

1. Ou *homœotéleutes*, simples consonnances de syllabes non accentuées.
2. Homophonie de deux syllabes accentuées.
3. Nous avons dans l'article précédent employé quelquefois le mot *pied* comme synonyme de *syllabe*, c'est par mégarde.
4. Cette prose qui existe dans la liste de Guillaume de St-Lô a été omise, je ne sais pas pourquoi, dans la liste qu'a reproduite M. G., T. I, p. CLIX et suivantes.

4° *Trinitatem reserat aquila.*

« Cette prose est intéressante en ce qu'elle est moitié composée comme les séquences de la première époque, moitié comme celles de la seconde. » M. G.

Ainsi donc, voici quatre proses, dont les finales sont en *a* [1], ce qui indique une assez haute antiquité, le XIe s. environ. Au témoignage même de M. G. elles diffèrent entièrement des autres pièces d'Adam. Elles ne sont donc pas de lui ; Guillaume de Saint-Lô s'est donc trompé en les lui attribuant. Que devient alors son autorité ?

Mais un homme qui est capable de rajeunir des proses trop vieilles ne peut-il pas aussi en vieillir de trop jeunes ? C'est ici qu'était le grand danger pour Guillaume de Saint-Lô. Vers le milieu du XIIIe siècle en effet, de même que l'architecture subissait des modifications importantes, la poésie liturgique se transformait. A la gravité simple et sans prétention des belles proses du XIIe siècle, succédaient une foule de compositions plus ou moins poétiques, où la solidité des idées était sacrifiée à la rime, où le tour de force et la difficulté vaincue tenaient lieu de beauté, où le symbolisme tombait dans la bizarrerie, d'où le rythme et l'harmonie menaçaient de disparaître. Ces élucubrations quelquefois ingénieuses, mais souvent ridicules n'entraient pas encore en général dans les graduels ; on les collectionnait dans des recueils monastiques, on les lisait, on les faisait lire, mais on ne les chantait pas au chœur. Or, si nous étudions à fond la liste de Guillaume de Saint-Lô, nous y verrons un assez grand nombre de ces proses factices que M. G. n'a trouvées dans aucun Missel. Quelle église en effet a jamais chanté cette pièce en l'honneur du Saint-Esprit où le vide des idées fait si bien retentir le cliquetis des rimes :

Spiritus
Paraclitus
Procedens divinitus
Manet ante sæcula ;
Populis,
Discipulis
Ad salutem sedulis
Pacis dedit oscula. (I, 131.)

Il y a six strophes aussi pauvres de fond et aussi riches de

1. Excepté une strophe de la dernière.

forme. Mais c'est là du pur gazouillement, et la poésie d'Adam nous a habitués à un tout autre sérieux et à une toute autre allure.

Quelle église également a jamais célébré saint Étienne avec ce symbolisme inattendu, étrange, que nous trouvons par exemple dans la prose

Rosa novum dans odorem (1) ?

Les martyrs sans doute sont les roses du Paradis comme les vierges en sont les lys. Quand le Seigneur appelle une âme à lui, il la fait sortir d'Égypte et entrer dans la terre promise. Quand saint Étienne allait au supplice, il était heureux de suivre celui dont il était le premier témoin, le premier martyr. Ce n'est pas une raison pour accoler ces trois idées, pour réunir bon gré malgré ces symboles disparates, pour nous dire qu'une rose est rappelée d'Égypte et suit avec bonheur celui dont elle est le martyr !

Rosa novum dans odorem
Ad ornatum ampliorem
Regiæ cœlestis
Ab Ægypto revocatur,
Illum sequi gratulatur
Cujus erat testis ! (1-6)

Évidemment, ce n'est pas là du symbolisme sérieux, et si tel était le symbolisme d'Adam M. G. aurait eu tort d'éditer ses œuvres, et nous aurions tort de les étudier.

Que dirai-je de la faiblesse inouïe de certains morceaux ? Peut-on par exemple imaginer rien de plus terre à terre que ce début d'une prétendue poésie lyrique : « Célébrons Dieu dans ses Saints, l'illustre Savinien et le bienheureux Potentien, et Altinus le serviteur du Christ qu'ils ont amené avec eux pour prêcher » :

Inclyto Saviniano
Et Sancto Potentiano
Quos recepit Gallia
Cum Altino servo Christi
Quem duxerunt secum isti
Prædicandi gratia (2). (4-9)

Encore une fois ce n'est pas là du lyrisme : le souffle est

1. Gautier I, 223. Le texte du second vers est édité : *Adornatum ampliorem* — Il faut évidemment : *Ad ornatum* en deux mots.
2. Gautier II, 270.

absent, le rythme lui-même, (je le démontrerai plus tard), est brisé : ce ne sont pas là des œuvres de notre Adam, et nous n'avons pas le droit de lui attribuer de pareilles platitudes sur la foi d'un auteur sans goût et sans critique, vivant un siècle et demi après lui, ayant à peine une vague connaissance de sa vie et de ses ouvrages ! Ce ne sont pas là ces fameuses proses que le quatrième concile de Latran devait admirer, approuver, recommander à la chrétienté entière ; ce sont déjà au contraire de ces pièces sans talent, sans théologie, œuvres de pères inconnus et méritant de l'être ; ce sont en un mot ces « inepties » que le cardinal Bona (1) stigmatise et que le concile de Trente devait si justement proscrire !

D'ailleurs, si nous parcourons, même sommairement quelques-unes de ces proses, quelles énormes fautes de rythmique n'y trouverons-nous pas ! Dans l'une (2) on accentue contre toutes les règles la pénultième de *specie*, de *effluas*, et on fait rimer *mittit* avec *sitit*. Dans une autre (3) c'est l'*i* de *hostia*, c'est l'*e* de *equuleo* que l'on est obligé d'allonger pour leur faire porter l'accent. Une troisième nous offre sérieusement ces deux vers (4) :

Nos juva, nos *rege*,
Nos verbo *protege !*

Mais l'accent de *rege* est sur *re* ; l'accent de *protege* est sur *pro*. — *Rege* et *protege* ne riment donc pas (5). Et voilà ce qu'on nous donnera comme d'Adam ! Voilà ce que contient la liste de Guillaume de Saint-Lô ! Des proses absentes de

---

1. *Crevit deinde* (après le XIIe siècle) *earum numerus et irrepserunt nonnullæ prorsus* ineptæ.... *Multi multas introduxerunt quia quisque gaudet de suis novitatibus*. (Cité dans Wolf.)

2. *Veni summe consolator*, T. I, p. 134. Les vers auxquels je fais allusion sont les suivants :

Quod *efflúas* ad nos usque 13
Nec *specíe* variaris, 40
{ Rorem istum quem *emittit* 18 }
{ Qui plus gustat magis *sitit* 19 }

3. *Triumphalis lux illuxit*. Le vers 21e porte en effet :

Hic hostía medullata,
et le 36e Equuléo admovetur !

4. *Paranymphus salutat Virginem*, I, 343.

5. Je pourrais au besoin multiplier ces exemples, mais il vaut mieux les conserver pour le prochain article qui confirmera précisément celui-ci, et où je démontrerai que les proses dont je parle ont une rythmique différente de celles d'Adam.

tous les graduels, ou du moins de tous les graduels victorins ; des proses sans rythmique, sans poésie, où le symbolisme n'est plus qu'un dévergondage de mauvais goût ! Non, l'autorité de Guillaume de Saint-Lô n'est pas sérieuse. Elle n'est plus soutenue d'ailleurs par celle de Jean de Thoulouse ; elle ne l'est plus par celle du père Simon Gourdan ; elle ne l'est plus enfin par celle du 577 : il faut la rejeter (1).

Mais alors que nous reste-t-il ? Où trouverons-nous les œuvres d'Adam ? Nous les trouverons où l'on aurait dû les chercher et les chercher uniquement, dans les vieux graduels de cette abbaye où il a vécu, où il est mort, où l'on a chanté ses proses pendant des siècles. Nous les trouverons dans les livres liturgiques de Saint-Victor. La première idée de M. G. avait été précisément de les y chercher, or la première idée n'est-elle pas souvent la bonne ? À quoi sert-il en effet d'avoir recueilli tant de témoignages, tous postérieurs, tous peu dignes de foi ? Pourquoi avoir compulsé si péniblement tant de mss. ? Le père Simon Gourdan est du XVIIIe siècle, Jean de Thoulouse est du dix-septième, le 577 est de la fin du quatorzième, Guillaume de Saint-Lô a dû écrire vers 1340. N'est-il pas possible de remonter plus haut, n'est-il pas nécessaire de trouver des témoignages plus anciens, plus autorisés ? Or nous savons que les proses d'Adam furent approuvées par Innocent III en 1215 et qu'elles furent alors introduites dans l'office divin. Évidemment s'il est un endroit au monde où

1. Le rejet de ces quatre autorités entraîne celui des trente et une proses suivantes :

Lux est orta gentibus	I,	29	Lux est ista triumphalis	II,	63
Hac die festa concinat	I,	48	Tuba Sion jocundetur	II,	79
Spiritus paraclytus	I,	131	Pangat chorus in hac die	II,	99
Veni summe consolator	I,	135	De profundis tenebrarum	II,	162
Trinitatem simplicem	I,	139	Congaudentes exultemus	II,	174
Rosa novum dans odorem	I,	222	Venerando præsuli Remigio	II,	238
Verbi vere substantivi	I,	241	Deo laudes extollamus	II,	270
Christo laudes persolvat	I,	246	Gratiani grata solemnitas	II,	274
Trinitatem reserat	I,	253	Adest dies specialis	II,	283
Pia mater plangat	I,	264	Ad honorem patris Maglorii	II,	293
Aquas plenas amaritudine	I,	271	Per unius casum grani	II,	297
Triumphalis lux illuxit	I,	316	Ante thorum virginalem	II,	335
Missus Gabriel de cœlis	I,	337	Orbis totus unda lotus	II,	365
Paranymphus salutat Virginem,	I,	343	Jesse virgam humidavit	II,	377
Augustini præconia	II,	8	Cœli solem imitantes	II,	401
Celebremus victoriam	II,	13			

Ajoutons-y trois proses dont M. G. n'a cité que le premier vers :

Laudemus Apollinarem	II,	97
Ecce dies attollenda	II,	104
In eadem specie.	II,	112

soit 34 proses à supprimer.

l'on a dû les conserver avec amour, avec jalousie, sans en laisser perdre une seule, n'est-ce pas chez les Victorins ? C'est donc là qu'il nous faut les chercher. Et si nous pouvons découvrir un graduel de Saint-Victor ayant servi au chœur dans les premières années du XIIIe siècle, nous sommes à peu près assurés de réussir.

Mais pourquoi ne pas nous arrêter à un graduel de l'église de Paris ou de l'abbaye de Sainte-Geneviève ? M. G. en effet a l'air d'attribuer la même valeur à ces trois autorités. En doit-il être ainsi ? Sans doute l'église de Paris a puisé, a largement puisé dans le graduel de Saint-Victor ; mais n'a-t-elle pas également supprimé quelque peu et beaucoup ajouté ? Il suffit d'ouvrir un des nombreux Missels de Paris conservés à la Bibliothèque Nationale pour s'en convaincre (1). Ce n'est donc pas là qu'il faut nous arrêter : nous pouvons, nous devons remonter plus haut encore.

Nous arrêterons-nous au graduel de sainte Geneviève ? Il semble du moins qu'il y aurait plus de sécurité. Les Génovéfains ne sont-ils pas une branche de Victorins ? « Quand Eudes de Saint-Victor, nous dit M. G., fut chargé de conduire en qualité d'abbé une colonie de chanoines réguliers pour en former l'abbaye royale de Sainte-Geneviève, ce furent les proses d'Adam qui furent préférées aux proses des deux siècles précédents. » (2) J'ai dû pour vérifier cette assertion collationner à la Bibliothèque de Sainte-Geneviève le seul graduel génovéfain que j'ai pu découvrir. Il est du XVe siècle et porte la cote BBl1. Or sur une soixantaine de proses qu'il renferme, il y en a trente-cinq, c'est-à-dire plus de moitié que M. G. n'a pas admises dans son édition. Évidemment, nous ne trouverions pas là les œuvres d'Adam sans mélange (3). Il nous

1. Il y a dans les Œuvres poétiques d'Adam sept proses qui se trouvent uniquement dans le graduel de Paris, savoir :

Jerusalem et Sion filiæ	I, 181	Lux advenit veneranda	II, 202
Promat pia vox cantoris	II, 181	Ave Mater JESU CHRISTI	II, 210
Salve crux arbor vitæ	II, 219	Nato nobis Salvatore,	I, 36
Plausu chorus lætabundo	II, 417		

Les trois premières, nous le démontrerons, ont une rythmique différente de celle d'Adam.

2. P. CLXXIV.

3. Il n'y a dans les Œuvres poétiques d'Adam que deux proses extraites uniquement du graduel de Ste Geneviève,

Potestate, non natura I, 10
et Martyris egregii I, 323

Ni l'une ni l'autre ne peuvent être d'Adam : nous en donnerons la preuve dans l'article suivant.

faut donc les chercher ailleurs et nous reporter à un graduel de Saint-Victor.

Mais ici encore il est nécessaire de prendre garde. Le graduel victorin n'était plus en effet, au XIVe, au XVe siècle ce qu'il était au XIIIe. Dans l'intervalle des proses nouvelles s'étaient introduites, imitées plus ou moins de celles d'Adam. M. G. en a fait entrer six dans son édition (1) : elles doivent être rejetées, du moins jusqu'à preuve du contraire. Ce qu'il nous faut, ce ne sont pas les proses de Paris, ni celles de Sainte-Geneviève, ni celles des graduels victorins postérieurs au XIIIe siècle ; ce sont les proses qui se chantèrent à Saint-Victor quand le concile de Latran eut approuvé les proses d'Adam, c'est à dire en 1215.

Existe-t-il un graduel victorin de cette époque ?

Oui ce graduel existe, dans cette belle écriture gothique qui caractérise le règne de saint Louis. M. G. lui-même en a signalé deux exemplaires, l'un à l'Arsenal, (Théologie latine 155 B), l'autre à la Bibliothèque nationale, (934, ancien fonds de Saint-Victor, aujourd'hui 14819). Il est indispensable, on le comprendra, de bien déterminer leur date. Si l'un des deux en effet se rapproche davantage de l'époque où vivait Adam, c'est à lui que nous devrons accorder le plus d'autorité.

Il n'est pas nécessaire heureusement d'être grand paléographe pour fixer cette date en toute certitude. Le ms. de l'Arsenal contient la Prose *Regis et Pontificis*, à sa place, au 11 Août, dans le Prosaire. Or cette Prose est celle qui se chantait le jour de la fête de la Sainte Couronne dont la susception eut lieu en 1239. Le ms. de l'Arsenal n'est donc pas antérieur à cette date. — Celui de la Bibliothèque nationale est plus ancien : il ne renferme pas en effet la Prose en question. Malheureusement ce ms. est incomplet : il s'arrête à la fête de sainte Catherine, c'est-à-dire au 25 novembre. Il ne contient donc pas le Propre des Saints de la fin de ce mois, ni du commencement de décembre. Ne pourrions-nous pas, afin de le compléter, chercher un second exemplaire de la même époque ?

1. Animemur ad agonem I, 292
Martyris Victoris laudes II, 94
Præcursorem summi regis II, 167
Gaude superna civitas II, 302
Virginis Mariæ laudes II, 349
Ave mundi spes Maria II, 382

Cet exemplaire est facile à trouver. Il porte à la Bibliothèque nationale le n° 14452, et nous donne à la suite de la Prose de sainte Catherine neuf autres proses, copiées de la même main, et que nous n'avons pas le droit de suspecter, du moins *a priori.* C'est d'après ces deux mss. que nous allons dresser la liste suivante. Nous indiquerons en italiques les proses que M. G. n'a pas cru devoir faire entrer dans son édition.

1	1er Dimanche de l'avent	*Salus æterna*
2	IIe » »	*Regnantem sempiterna*
3	IIIe » »	*Qui regis sceptra*
4	IVe » »	*Jubilemus omnes una*
5	Noël	In natale salvatoris
6	Saint Étienne	Heri mundis exultavit
7	Saint Jean l'Évangéliste	Gratulemur ad festivum
8	Les Saints Innocents	*Celsa pueri concrepent melodia*
9	Saint Thomas de Cantorbéry	Gaude Sion et lætare
10	Dans l'octave de Noël	Splendor Patris et figura
11	Saint Silvestre	Jubilemus Salvatori, quem cœlestes
12	Octave de Noël	In excelsis canitur
13	Sainte Geneviève	Genovefæ solemnitas
14	Épiphanie	*Epiphaniam domino*
15	Octave de l'Épiphanie	Virgo Mater Salvatoris
16	St Vincent	Ecce dies præoptata
17	Conversion de St Paul	Jubilemus Salvatori, qui spem
18	Purification	Templum cordis adornemus
19	Pâques	*Fulgens præclara*
20	Lundi de Pâques	Ecce dies celebris
21	Mardi »	Lux illuxit dominica
22	Mercredi »	Salve dies dierum gloria
23	Jeudi »	*Mane prima sabbati* (1)
24	Vendredi »	Sexta passus feria
25	Samedi »	Mundi renovatio
26	Octave de Pâques	Zyma vetus expurgetur
27	idem	*Victimæ paschali laudes*
28	Invention de la Sainte Croix	Laudes crucis attollamus
29	Ascension	*Rex omnipotens die hodierna*
30	Dimanche dans l'octave	Postquam hostem et inferna
31	Pentecôte	*Sancti Spiritus adsit nobis gratia*
32	Lundi de la Pentecôte	Lux jocunda, lux insignis
33	Mardi »	Qui procedis ab utroque
34	Mercredi »	*Almiphona jam gaudia*
35	Jeudi »	Simplex in essentia
36	Vendredi »	*Veni Sancte Spiritus*
37	Samedi »	*Alma chorus Domini*
38	Trinité	Profitentes unitatem

1. M. G. donne cette prose comme douteuse.

39	Dédicace	Clara chorus dulce pangat
40	Dimanche dans l'octave . . .	Quam dilecta tabernacula
41	Jour de l'octave	Rex Salomon fecit templum
42	Réception des reliques de S. Vict.	Ex radice caritatis
43	St Jean-Baptiste	Ad honorem tuum, Christe
44	Saint Pierre	Gaude, Roma, caput mundi
45	Saint Paul	Corde, voce pulsa cœlos
46	Octave	Roma Petro glorietur
47	Saint Victor	Ecce dies triumphalis
48	Transfiguration	Lætabundi jubilemus
49	Saint Laurent.	Prunis datum admiremur
50	Assomption	*Aurea virga*
51	Samedi dans l'octave	Ave virgo singularis, porta
52	Dimanche dans l'octave . . .	Ave virgo singularis, mater
53	Octave	Gratulemur in hac die
54	Saint Barthélemy	Laudemus omnes inclyta
55	Saint Augustin	Æterni festi gaudia
56	Nativité de la Sainte Vierge . .	Salve, Mater Salvatoris
57	Saint Mathieu	Jocundare, plebs fidelis
58	Saint Michel	Laus erumpat ex affectu
59	Saint Léger	Cordis sonet ex interno [1]
60	Saint Denys	Gaude prole Græcia
61	Toussaint	*Christo inclyta candida*
62	Saint Martin	Gaude Sion quæ diem recolis
63	Sainte Catherine.	Vox sonora nostri chori
64	Saint André	Exultemus et lætemur
65	Saint Nicolas	Congaudentes exultemus
66	Saint Thomas.	*Congaudeant hodie*
67	Commun des Apôtres	Cor angustum dilatemus
68	idem	Stola regni laureatus
69	idem	*Clare sanctorum*
70	Commun des Saints.	Supernæ matris gaudia
71	De la B. Vierge Marie	Hodiernæ lux diei
72	idem.	O Maria stella maris [2].

Voilà donc ce qui se chantait à Saint-Victor avant 1239, c'est-à-dire moins d'un demi siècle après la mort d'Adam. Si nos proses sont quelque part, elles sont là : le tout est de les en extraire. Est-ce vraiment si difficile ? D'abord, nous remarquons sans peine que pour l'Avent, la fête des Saints Innocents, les solennités principales de l'année : l'Épiphanie, Pâques, l'Ascension, la Pentecôte, l'Assomption, la Toussaint, on a conservé religieusement les vieilles proses, terminées en *a* pour la plupart, que les générations précédentes

1. C'est par erreur que nous avons donné cette prose comme ne se trouvant que dans le 577.

2. A part le *Regis et Pontificis*, nos trois mss. sont identiquement d'accord jusqu'à la prose de Ste Catherine : *Vox sonora nostri chori*. Les deux exemplaires complets présentent alors les mêmes proses, dans le même ordre jusqu'à la fin.

avaient chantées. Le même respect de la tradition a fait maintenir également dans l'Octave de Pâques deux pièces très populaires, le *Mane prima sabbati* et le *Victimæ paschali laudes*, — et dans l'Octave de la Pentecôte l'*Almiphona jam gaudia* et l'*Alma chorus Domini* (1). La non-authenticité de ces pièces ne fait pas l'objet d'un doute : aucune d'elles d'ailleurs n'a trouvé place dans l'édition de M. G. Voilà donc *a priori* quinze proses sur soixante-douze à tout jamais éliminées.

Ce nombre ne peut-il pas être encore facilement réduit ? Nous avons déjà parlé du *Congaudentes exultemus*, attribué à notre Adam à la suite d'une erreur de Jean de Thoulouse, et publié par E. du Méril d'après un ms. du XIe siècle. Nous le supprimons donc. — Nous retranchons aussi une seconde pièce de la même époque où la rime rudimentaire n'a pas encore cédé le pas à la rime parfaite. Cette prose a d'ailleurs avec la précédente des ressemblances on ne peut plus marquées. C'est la même facture, la même disposition des strophes, les mêmes finales en *a* : si l'une n'est pas d'Adam, l'autre ne peut pas lui être attribuée. Nous voulons parler de la Prose pour la Dédicace :

Clara chorus dulce pangat voce nunc alleluia I, 174.

« Dans ces deux pièces, dit avec raison M. Karl Bartsch (2), les strophes se correspondent une à une; néanmoins leur disposition dans le recueil de M. G. semble en partie différente. » Cela vient surtout de ce que le savant paléographe a suivi, comme il l'avoue d'ailleurs (3), le texte de Mone, et non celui des Missels. Les strophes 10 et 11 du *Congaudentes exultemus* doivent être interverties. Alors les traits de ressemblance deviennent on ne peut plus frappants : les deux proses sont antérieures à Adam, et Guillaume de Saint-Lô malgré toute son audace ne les lui a pas attribuées.

Il ne lui a pas attribué non plus une troisième pièce absolument indigne de figurer dans ses œuvres : l'*Æterni festi gaudia* (4), ce lieu commun où l'on a prétendu retracer les

1 Il faut y joindre aussi le *Clare sanctorum senatus*. Quant au *Veni Sancte Spiritus*, nous discuterons la question à son heure.

2. In beiden stimmen alle Strophen überein, wenn auch ihr Aussehen durch Gautiers Verseintheilung theilweise verschieden geworden. (KARL BARTSCH. *Die lateinischen Sequenzen des Mittelalters*. Rostock, 1868, page 221.)

3. I, 205. « Dans plusieurs Missels et dans le texte de Clictové... les strophes 10 et 11 sont dans un ordre opposé à celui que nous donnons d'après Mone et qui nous semble plus logique. »

4. T. II, 157.

joies du ciel, et où la vulgarité des idées n'a d'égale que l'impropriété des expressions. Ce n'est pas Adam qui a jamais fait rimer *gaúdia* et *harmonía*, *cœtera* et *pía*, *cúria* et *Augustínus*. Ce n'est pas lui qui a gratifié le saint docteur d'un collier d'or pour avoir défendu vaillamment la foi chrétienne :

Datur et torques aurea
Pro doctrina catholica
Qua præfulget Augustinus [1]
In summi regis curia ! (49-52).

Il y a là évidemment une exception qui s'impose, et pas un homme de goût ne la discutera.

Outre ces proses qui doivent disparaître tout entières, il y a dans les Œuvres poétiques d'Adam une interpolation malheureuse [2].

Elle se lit dans la prose paschale : *Mundi renovatio* (T. I, p. 82). Le premier et le principal coupable est ici Clictové.—Adam rapproche poétiquement la fête de Pâques et le printemps : Avec le Seigneur qui ressuscite, nous dit-il, la nature ressuscite tout entière ; les éléments lui obéissent ; ils sentent la puissance de leur Auteur :

Mundi renovatio nova parit gaudia
Resurgenti domino conresurgunt omnia.
Elementa serviunt
Et auctoris sentiunt
Quanta sit potentia.

C'est alors que vient dans les mss. une seconde strophe qui n'est que le développement poétique de la précédente : « *Le ciel en est plus cler, et la mer plus paisible, l'air est plus douls et nostre valée est flourie. Les choses seches raverdissent, les froidures s'eschauffent, puis que veir devient tiède* [3]. »

Cœlum fit serenius
Et mare tranquillius,
Spirat aura mitius,
Vallis nostra floruit.
Revirescunt arida,
Recalescunt frigida,
Postquam ver intepuit. (15-21).

---

1. Dans la suite, on fit servir cette prose pour St Ambroise et St Jérôme On remplaçait alors *Augustinus* par *Ambrosius* ou *Hieronymus*. La rime n'y gagnait rien.
2. J'en ai signalé deux dans mon article des *Lettres chrétiennes*. La première est une erreur.
3. Vieille traduction du XVe siècle publiée par M. G.

5

Un mauvais plaisant, (car je demande la permission de dire toute ma pensée,) a fait suivre la première strophe d'une méchante épigramme. Il nous dit en latin à peu près intraduisible qu'après la résurrection du Christ « le feu garde sa mobilité, l'air sa volubilité, l'eau sa fluidité, la terre sa stabilité :

Ignis volat mobilis
Et aer volubilis,
Fluit aqua labilis,
Terra manet stabilis. (8-11).

Mais qui donc a jamais pu douter de ces axiomes ? — Il ajoute comme une chose non moins extraordinaire : « Ce qui est léger s'élance en haut, ce qui est lourd tombe en bas :

Alta petunt levia
Centrum tenent gravia. (12-13).

Puis, voici le mot de la fin :

Renovantur omnia ! (14).

Un de nos bons aïeux a voulu rire ; devons-nous prendre au sérieux sa plaisanterie (1) ?

Avant de terminer cette trop longue discussion, il nous reste à bien préciser les résultats acquis. Nous avons successivement renversé l'autorité du 577, celle du père Simon Gourdan, celle de Jean de Thoulouse, et enfin celle de Guillaume de Saint-Lô. Par ce fait, trente-quatre proses dont nous avons donné la liste ont dû disparaître du recueil d'Adam. Nous avons ensuite suspecté (2) l'autorité des graduels de Paris, des graduels de Sainte-Geneviève, des graduels de Saint-Victor postérieurs au XIIIe siècle. Quinze proses nouvelles ont été éliminées. Même dans le graduel qui servait à Saint-Victor avant 1239, nous avons signalé trois pièces dont la non-authenticité ne peut pas faire un doute. Voilà donc un total de cinquante-deux proses que provisoirement du moins nous devons regarder comme apocryphes. Il nous faut maintenant étudier les autres, au nombre de cinquante et une, en approfondir la rythmique, le symbolisme, la théo-

1. Une raison rythmique s'oppose d'ailleurs à l'admission de cette strophe. Elle n'a que deux rimes : (a a a a b b b) ; les suivantes en ont trois : (a a a b c c b).

2. J'emploie ce mot à dessein. Peut-être en effet serons-nous amenés à reconnaître par la suite une authenticité probable à quelques proses des graduels en question.

logie, les beautés littéraires. Peut-être ressortira-t-il de ce travail que d'autres pièces encore ne sont pas authentiques. Entre la mort d'Adam (1192) et la rédaction du graduel victorin (1215 au plus tôt), il s'est en effet écoulé près d'un quart de siècle. Qui nous garantit que pendant ce temps un certain nombre de pièces liturgiques n'ont pas été composées à Saint-Victor ou ailleurs et introduites dans le graduel à côté des proses d'Adam ? M. G. lui même n'a-t-il pas rejeté (à bon droit) le *Congaudeant hodie* (II, 456) qui précisément est dans ce cas ? Quoi qu'il en soit, la série d'études qui vont suivre, confirmeront, nous en sommes certain, les conclusions que nous venons d'indiquer, et que nous croyons dès aujourd'hui suffisamment inattaquables, sinon dans le détail, du moins dans l'ensemble.

III. — RYTHMIQUE DES PROSES D'ADAM.

USQU'ICI nous avons fait disparaître autant que possible des œuvres poétiques d'Adam les leçons fautives et les pièces non authentiques (1). Il est temps d'étudier enfin les proses elles-mêmes, en commençant par ce qu'elles ont de plus extérieur : leur versification.

Il y a une quinzaine d'années la question aurait présenté bien des difficultés. Les règles de la versification latine rythmique étaient à peine entrevues, et Mr Léon Gautier

---

1. A l'occasion de notre dernier article, Mr Léopold Delisle a daigné nous adresser une lettre des plus bienveillantes. Il nous signale deux pages très remarquables qu'il a fait paraître en 1859, et que nous regrettons de n'avoir pas connus plus tôt. Elles se lisent dans la *Bibliothèque de l'École des Chartes*, 4ème série, tome V, p. 197-198. Le docte membre de l'Institut met en doute, lui aussi, l'autorité du 577 et celle de Guillaume de Saint-Lô. Un pareil témoignage a trop de poids pour que nous ne le reproduisions pas intégralement. Voici d'abord ce qui se rapporte au 577 :

« *Nous craignons que l'auteur n'ait exagéré la portée du titre du manuscrit 577 quand il dit que telle et telle pièce se trouvent dans ce manuscrit sous le nom d'Adam de S. Victor. Il aurait été plus exact d'avertir le lecteur que dans l'origine le recueil de proses contenu dans le manuscrit 577 ne portait aucun nom d'auteur. C'est seulement vers l'année 1500 que le Bibliothécaire de Saint-Victor, (probablement Claude de Grandi Vico,) a donné à ce recueil le titre suivant :* Prosæ editæ a magistro Adam Britonis », etc.

Ce sont identiquement nos conclusions. — Contre Guillaume de Saint-Lô, Mr Léopold Delisle ne développe qu'un argument, mais il est décisif et nous avait totalement échappé :

« *Rien n'indique*, dit-il, *que Guillaume de Saint-Lô, abbé de Saint-Victor, mort en 1349, soit l'auteur de la notice, et à plus forte raison de la liste des Proses. Rien n'empêche de croire que la liste ait été composée à la fin du quinzième siècle. C'est Jean de Thoulouse, auteur du dix-septième siècle, qui a donne sous le nom de Guillaume de Saint-Lô la notice et la liste. Or, quoi qu'en ait dit M. Gautier, Jean de Thoulouse ne doit peut-être pas être cru sur parole par cela seul qu'il vivait dans l'abbaye où avait vécu l'illustre religieux. Il n'est donc pas démontré que la liste dont s'est servi M. Gautier remonte à la première moitié du quatorzième siècle.* »

Nous sommes entièrement de cet avis ; et si notre travail a eu la bonne fortune d'intéresser l'illustre savant « au delà de ce qu'on peut imaginer », c'est avec une véritable admiration que nous avons lu ces lignes si mesurées, si fermes, si pleines d'érudition de bon aloi. Elles achèvent de faire crouler le trop ingénieux et trop fragile échafaudage construit sur l'autorité de Guillaume de St-Lô. Elles rendent nécessaire une nouvelle édition d'Adam. Mr G. y travaille ; elle sera prête bientôt.

avait cherché vainement à les formuler dans sa *Leçon d'ouverture* et dans sa *Préface d'Adam* (p. CLII et suiv.). C'est alors que Mr Gaston Paris publia une petite brochure qui, malgré quelques erreurs, a plus fait avancer la science que beaucoup de gros livres (1). La *Lettre à M. Léon Gautier* démontra d'une façon péremptoire l'influence prépondérante de l'accent sur la poésie latine rythmique. Les conclusions en sont indiscutables (2). Elles ont été déduites avec une telle sagacité, avec une telle précision, que leur application intelligente aurait suffi seule, en dehors des mss., à faire disparaître ou du moins à signaler la plupart des fautes de texte et d'attribution que nous avons relevées. Elles ont donc fait leurs preuves; et comme elles ont trouvé un appui dans nos pages précédentes, elles vont à leur tour servir de base à celles qui suivront. Seulement M. Paris a dû généraliser: nous relèverons des détails et des particularités. Il a embrassé d'une vue d'ensemble toute la poésie rythmique du moyen âge : nous nous bornerons à étudier Adam, à voir comment il dispose ses mots pour faire un vers, ses vers pour faire une strophe, ses strophes pour former une prose.

Revenant alors, comme nous l'avons fait pressentir, sur l'authenticité des proses contenues dans le graduel Victorin, nous indiquerons quelles sont celles qui se trouvent en contradiction avec la rythmique d'Adam, et qui par conséquent doivent être considérées comme apocryphes. Pour arriver à cette conclusion pratique, il faut nous livrer d'abord à une étude théorique minutieuse, peu attrayante, mais nécessaire.

I.

LE *vers* d'Adam repose sur une triple base : l'accent, le syllabisme et la rime. Les mots ne doivent y être considérés que comme une suite de syllabes accentuées et de syllabes non accentuées. S'ils sont monosyllabiques, ils

1. *Lettre à Mr Léon Gautier sur la versification latine rythmique*, in 8°, 33 pages, Frank, 1866.

2. Mr Gautier lui-même les admet aujourd'hui. Dans la seconde édition de ses *Epopées françaises*, il abandonne en effet ses anciennes théories et reconnaît avec Mr Paris que les éléments de la versification rythmique sont « *l'accent, le syllabisme et l'assonance* », — ou la rime. (T. I, p. 291, en note).

prennent ou ne prennent pas l'accent, *ad libitum*. S'ils ont deux syllabes, ils sont toujours accentués sur la pénultième. S'ils comptent plus de deux syllabes, ils reçoivent l'accent sur la pénultième quand elle est longue et sur l'antépénultième quand la pénultième est brève. Dans ce cas, de deux en deux syllabes, avant et après l'accent principal, ces mots reçoivent en outre un accent secondaire. Voici d'ailleurs une strophe d'Adam qui va nous fournir tous les exemples désirables :

Nós ĭn fídĕ glórĭémŭr,
Nós ĭn únă módŭlémŭr
Fídĕí cŏnstántĭá :

Trínæ sít laŭs Únĭtátĭ
Sít ĕt símplæ Trínĭtátĭ
Cóætérnă glórĭá. (I, p. 146).

Nous avons ici huit monosyllabes. Quatre sont accentués : *nos* répété deux fois et *sit* répété deux fois ; quatre sont atones : *in* deux fois répété, *sit*, *et*. — Nous avons quatre disyllabes : *fide*, *una*, *trinæ*, *simplæ ;* tous sont accentués sur la pénultième : la quantité n'y est pour rien, puisque dans *fide* la pénultième est brève, tandis qu'elle est longue dans les trois autres mots. — Nous avons enfin huit mots de trois syllabes et au dessus : cinq ayant la pénultième longue, et par conséquent accentuée : *gloriémur*, *modulémur*, *Unitáti*, *Trinitáti*, *coætérna ;* trois au contraire ayant la pénultième brève et prenant l'accent sur l'antépénultième : *fídei*, *constántia*, *glória*. Les cinq premiers, pour les besoins du rythme, reçoivent en outre un accent secondaire en avant de l'accent principal : *cóætérna*, *Trínitáti*, *Únitáti*, *módulémur*, *glóriémur ;* les trois derniers le reçoivent en arrière : *glóriá*, *constántiá*, *fídĕí*. — Telle est la règle fondamentale, très simple, très claire de la versification latine rythmique en général et de la versification d'Adam en particulier ([1]).

---

1. Parmi les pièces que nous avons dû précédemment rejeter, trois sont d'un bout à l'autre en opposition avec cette règle :

Trinitatem simplicem, I, 139 ;
Martyris Victoris laudes, II, 94 ;
et *Virgini Mariæ laudes*, II, 348.

Un certain nombre d'autres la violent plus ou moins fréquemment. Au risque de sembler prolixe, je les énumère avec l'indication du vers et du mot qui contient une faute de cette nature :

Hac die festa concinat (I, 48-50) ; vers 10, *vinúm permiscens oleo ;* peut-être

Une autre règle, non moins facile à saisir, découle nécessairement de la première : c'est le mouvement binaire du rythme. « On peut dire, appliquant à la rythmique des expressions qui appartiennent proprement à la métrique, que le dactyle et l'anapeste (ˊ ˘ ˘), (˘ ˘ ˊ) répugnent à cette versification et qu'elle ne reconnaît, sauf exception, que l'iambe (˘ ˊ) et le trochée (ˊ ˘) [1]. » Prenons dans Adam le début d'une de ses Proses pour Noël :

> Ín nătálĕ Sálvătórĭs
> Ángĕlórŭm nóstră chórĭs
>   Súccĭnát cŏndítĭó :
> Hármŏníă dívĕrsórŭm
> Séd ĭn únŭm rédăctórŭm
>   Dúlcĭs ést cŏnnéxĭó [2].

Dans les trois premiers vers de la strophe, comme dans les trois derniers, toutes les syllabes impaires sont accentuées, toutes les syllabes paires sont atones. Adam, ainsi que les autres poètes de son temps, se permet néanmoins quelques licences sur ce point. Dans les vers masculins il remplace « les deux premiers trochées par un dactyle précédé d'une syllabe atone (˘ ˊ ˘ ˘ au lieu de ˊ ˘ ˊ ˘).» C'est la licence, si licence il y a, que M. Paris a rencontrée « le plus fréquemment [2]. » Elle existe en particulier dans cette strophe que je prends au hasard :

---

pourrait-on proposer *permiscens vinum ;* — vers 13, *bini dati denarii :* la faute est double, et il est impossible de la corriger.

Veni summe consolator (I, 155-138) ; vers 13, *effluas ;* — vers 29, *salice ;* — vers 35, *mulierum :* ce mot avait, il est vrai, la pénultième longue pour certains auteurs du moyen âge, mais Adam a évité de l'employer; — vers 40, *specie.*

Triumphalis lux illuxit (I, 316-319) ; vers 21, *hostia ;* -- vers 36, *equuleo.*

Missus Gabriel de cœlis (I, 337-339) ; vers 39, *erit.*

Tuba Sion jocundetur (II, 79-82) ; vers 11, *mercedem ;* — vers 41, *in aquis ;* — vers 61, *simul et letum :* ces trois fautes sont d'une grossièreté révoltante.

Deo laudes extollamus (II, 270-272); vers 5, *sancto ;* — vers 16, *primo ;* — vers 40, *severus.*

Ante torum virginalem (II, 335-337) ; vers 70, *novum ;* — vers 71, *partum :* un simple déplacement de mots rendrait ces deux vers corrects au point de vue de l'accentuation. Il suffirait d'écrire : *novum canticum* et *partum virginis.*

Cœli solem imitantes (II, 401-402) ; vers 16, *trucidant ;* — vers 17, *Indi.*

Soit donc onze Proses que l'application de la règle la plus élémentaire de la versification rythmique aurait dû faire bannir à jamais des œuvres d'Adam.

1. G. Paris, p. 8.—2. L. Gautier. I, p. 24.

2. p. 15. Pourquoi le savant professeur insinue-t-il en note qu'Adam, lorsqu'il « prend cette licence ou quelque autre la compense souvent en la répétant au vers correspondant ? » — La compensation semble bien un peu étrange, et Adam n'y a pas pensé.

Semel enim incarnatus,
Semel passus, semel datus
Pró pĕccátĭs hóstĭá,
Nullam feret ultra pœnam,
Nam quietem habet plenam
Cŭm súmmă lætítĭá. (I, p. 102, vers 19-24).

Ici les deux vers masculins correspondants :

Pró pĕccátĭs hóstĭá,

et

Cŭm súmmă lætítĭá,

ont une accentuation quelque peu différente. Le premier nous offre un rythme trochaïque on ne peut plus régulier ; le second au contraire débute par une atone, ce qui nécessite la présence de deux autres atones après la première syllabe accentuée, et brise la régularité du rythme binaire.

Mais l'accentuation n'est pas la base unique de la versification d'Adam. Il faut y joindre le *syllabisme.* Dans les vers antiques, fondés non sur l'accent, mais sur la quantité, où deux brèves par exemple pouvaient remplacer une longue, le nombre des syllabes était nécessairement variable : l'hexamètre pouvait recevoir de treize à dix-sept syllabes. De même, dans les langues germaniques, où l'on tenait compte uniquement des syllabes accentuées, nous trouvons au moyen âge des vers rythmiques qui ne sont pas syllabiques. Chez Adam au contraire, tout vers a le même nombre de syllabes que le vers auquel il correspond :

Super tali genitura
Stupet usus et natura
Deficitque ratio.
Res est ineffabilis,
Tam pia, tam humilis
Christi generatio ! (I, p. 41).

Dans cette strophe tirée d'une prose de Noël, les deux premiers vers qui riment ensemble ont chacun huit syllabes ; le troisième et le sixième en ont sept ; le quatrième et le cinquième également. Le syllabisme est évident, il est inutile d'insister [1].

1. Un certain nombre de pièces publiées par M. Gautier sont en entier ou en partie opposées à cette règle fondamentale :
I, p. 50. — *Hac die festa concinat*, vers 32.
I, p. 139. — *Trinitatem simplicem*, toute la prose.
I, p. 345. — *Paranymphus*, vers 38.
II, p. 94. — *Martyris Victoris laudes*, toute la prose.
II, p. 348. — *Virgini Mariæ laudes*, toute la prose.

Le troisième élément dont se compose un vers d'Adam est la *rime*. La rime n'est pas autre chose que « l'homophonie de deux syllabes accentuées, » à la fin d'un vers. Elle est, on le voit, très différente de l'assonance que nous trouvons, par exemple, dans les laisses de la *chanson de Roland*, et qui n'est que « l'homophonie de la voyelle accentuée, n'entraînant pas celle des consonnes que la suivent [1]. » Elle est différente également des « homœotéleutes, » ou rudiments de rimes qui offrent « une simple consonnance de syllabes non accentuées. » Ceci posé, nous avons vu qu'un mot peut être accentué sur la pénultième : *repénte ; contristátam ; máter ;* ou sur l'antépénultième : *fílius ; sapiéntia.* Dans ce dernier cas, par suite du mouvement binaire du rythme, la dernière syllabe, nous l'avons vu également, reçoit un accent secondaire. Il en résulte que les rimes portent sur l'avant-dernière ou sur la dernière syllabe, qu'elles sont par conséquent, pour employer une expression moderne, masculines ou féminines. Par exemple, si nous prenons dans Adam la strophe finale de la prose en l'honneur de Saint Thomas de Cantorbéry :

Cleri gemma, clare Thómă,
Motus carnis nostræ dómă,
  Precum efficacĭá,
Ut, in Christo vera vítĕ
Radicati, veræ vítæ
  Capiamus gaudĭá, (I, 258.)

nous avons quatre rimes féminines se correspondant deux à deux : *Thómă* et *dómă ; vítĕ* et *vítæ*. Nous voyons également deux rimes masculines : *efficacĭá* et *gaudĭá*. Et remarquons que ces dernières rimes ne se composent pas seulement des deux finales accentuées, mais aussi des deux pénultièmes atones. Voilà quel est le troisième élément de la versification d'Adam de St-Victor [2].

1. G. Paris, p. 9 et 14.

2. C'est ici surtout que nous allons pouvoir signaler un grand nombre de Proses déclarées par nous apocryphes, et qu'une étude approfondie aurait dû faire rejeter *a priori*. Ce sont :

I, p. 135 : *Veni summe Consolator*. Nous lisons d'abord à la première strophe :

Dulcis ardor, ros dívinè
  Bonitatis gérmĭné
  Eadem substantia. (4-6.)

Or, *divíne* et *gérmĭné* ne riment pas; il manque d'ailleurs une syllabe au vers 5 et le sens est des plus obscurs si toutefois il existe. Mais une correction bien

L'accent, le syllabisme et la rime se retrouvent dans tous les vers possibles, quelle que soit leur longueur. Mais il est utile de signaler ici une autre règle, très importante, toujours observée par Adam lorsqu'il emploie des vers de huit sylla-

simple, bien naturelle rétablit tout dans l'ordre, c'est *genuinæ.* L'Esprit-Saint est ce « doux amour, cette rosée divine qui découle de la bonté créatrice : *bonitatis genuinæ.* » Je n'insiste donc pas. Cf. *Ducange*, article *genuinus*, n° 2.

Mais on trouve dans cette prose, je l'ai déjà dit, deux autres rimes inacceptables :

Rorem istum quem emittit
Qui plus gustat magis sitit. (18-19.)

I, 139 : *Trinitatem simplicem.* — *Mysteria* rimerait avec *singula.* (13-15.)

I, 181 : *Jerusalem et Sion filiæ.* — *Ecclesia*, *gloria* et *femina* (21-23 ; *fluctibus*, *finibus* et *cominus* (36-39) ; de plus, le quatrième vers de chaque strophe ne rime pas avec le vers correspondant.

I, 246 : *Christo laudes ;* le plus souvent, la rime est absente, et quelquefois l' « homœoteleute » manque.

I, 252 : *Trinitatem reserat.* — *Repulsa* et *summa* (5-9) ; *domini* et *olei* (12-15) ; *fiat* et *sentiat* (18-19) ; etc., *interpellans* et *exorans* (24-25) ; *sponsum* et *videndum* (29-30).

I, 323 : *Martyris egregii.* — *Fragmina* et *anima* (33-36) ; *custodia* et *littora* (39-42). On lit aussi (49 et 50) *sanguine* et *ablue*, mais c'est une faute que nous avons corrigée.

I, 343 : *Paranymphus salutat.* — *Rége* et *protege* (28-29).

II, 79 : *Tuba Syon jocundetur.* — *Victima* et *atria* (59-62).

II, 94 : *Martyris Victoris laudes :* rime très rare.

II, 174 : *Congaudentes exultemus.* — *Terrenis* et *supernis* (4-5) ; *manducanti* et *languescenti* (16-17) ; *voluit* et *reperit* (46-47) ; *militum* et *certantium* (52-53) ; *veneremus* et *habeamus* (67-68) ; *maneamus* et *decantemus* (72-73).

II, 239 : *Venerando præsuli.* — *Sacerdŏtum* et *antidŏtum* (53-54).

II, 297 : *Per unius casum grani.* — Les deux premières strophes de cette prose offrent une disposition très singulière. L'auteur rapproche à dessein un mot à finale masculine d'un autre mot à finale féminine, ainsi : *grānī* et *Gethsémănī ; gyrŭm* et *mártўrŭm ; frétī* et *pérpĕtī ; cibŭs* et *volatīlĭbŭs.* C'est un enfantillage indigne d'Adam. — Quant au vers 31 et 32 que M. Gautier édite :

Propter jugum Christi leve
Premunt compes et catenæ,

il faut évidemment corriger *lene.*

Outre ces fautes de rime que l'on saisit sans difficulté, il en est d'autres pour lesquelles il faut un œil un peu plus exercé. Ainsi, dans les Proses authentiques d'Adam, le mot *Alleluia* est toujours accentué sur la pénultième, et jamais sur la dernière syllabe. Ex :

Āllĕlúiă *frequentet hodie*
Plebs fidelis. I, p. 70, vers 43.

et :

Geminatum igitur
Āllĕlúiă *canitur.* I, p. 76, vers 44.

Il en est de même du mot *Măríă* désignant la mère de Notre-Seigneur. Ex :

O Mărīă *stella maris,* (I, p. 27, vers 59).

et :

Gratulemur in hac die
In qua sanctæ fit Marīæ. (II, p. 127, vers 2).

bes ([1]) et au dessus : c'est la *césure*. Les vers de huit et de dix syllabes la prennent après la quatrième qui n'est jamais accentuée. Les vers (très rares) de douze syllabes, après la sixième qui est toujours accentuée. Voici des vers de huit syllabes.

Consolátŏr — alme, veni ;
Linguas régĕ — corda leni ;
Nihil féllĭs — aut veneni
Sub tua præsentia. (I, p. 108-109).

La superbe Prose de Pâques : *Salve dies*, nous fournira des vers de dix syllabes :

Lux divinā — cæcis irradiat,
In qua Christŭs — infernum spoliat,
Mortem vincĭt — et reconciliat
Summis ima ! (I, p. 68-69).

C'est à la Prose de Saint-Victor que nous emprunterons les vers de douze syllabes :

Invicti mártўrís — mira victoria
Mire nos éxcĭtát — ad mira gaudia :
Deprome júbĭlúm — mater Ecclesia,
Laudans in mílĭté — regis magnalia ([2]). (II, p. 89).

On doit donc considérer comme n'étant pas d'Adam les pièces assez nombreuses où le mot *Alleluia* est accentué sur la dernière syllabe. Les voici :
I, p. 10 : *Potestate non natura*, vers 55.
I, p. 241 : *Verbi vere substantivi*, vers 60.
I, p. 316 : *Triumphalis lux illuxit*, vers 70.
II, p. 174 : *Congaudentes exultemus*, vers 74.
II, p. 297 : *Per unius casum grani*, vers 63.
Pour le mot *Márĭá* accentué sur la dernière, il se rencontre une seule fois, dans la Prose :

Ante thorum virginalem, vers 61. (II, p. 337).

1. Les vers de huit syllabes à rimes masculines n'ont cependant pas de césure.

Genovefæ solemnitas
Solemne parit gaudium. (I, p. 281).

2. Cette règle de la césure, si bien observée par Adam, semble avoir été assez inconnue au moyen âge. Elle a été violée dans un certain nombre de Proses qui ne figurent pas au graduel Victorin :
I, p. 181 : *Jerusalem et Sion filiæ.* — Dans cette pièce, les césures ont lieu régulièrement après la quatrième syllabe ; mais très souvent cette syllabe est une accentuée : *Jerúsălém* (1) ; *In Spírĭtŭs* (9) ; *de próprĭó* (19) ; *plus áclé* (31) ; *sciéntĭám* (39) ; *hæc týpĭcís* (41) ; *intúĭtú* (58).
I, p. 337 : *Missus Gabriel de cœlis.* — La césure manque aux vers : 1, 2, 3, 21, 31, 35, 38, 39, 46.
II, p. 79 : *Tuba Syon jocundetur.* — La césure manque aux vers : 41, 44, 61. De plus, au vers 11 elle porte à faux.
II, p. 98 : *Pangat chorus in hac die.* — Il y a manque de césure aux vers 4, 5, 22, 23, 39, 40, 43, 46, 50, 56, 57.
II, p. 270 : *Deo laudes extollamus.* — Vers : 4, 5, 16, 40.
II, p. 335 : *Ante thorum virginalem.* — Vers : 28, 66, 70 et 71.
II, p. 377 : *Jesse virgam humidavit.* — Vers : 21 et 24.
II, p. 401 : *Cœli solem imitantes.* — Vers : 16 et 17.

Ainsi, l'accentuation des syllabes de deux en deux, le même nombre de syllabes dans les vers correspondants, la rime masculine ou féminine, et enfin la césure lorsqu'il y a huit, dix, douze syllabes consécutives, telles sont les règles fondamentales, trop longtemps méconnues, auxquelles Adam a soumis ses mots pour faire des vers.

Quels *vers* a-t-il donc employés ? — Nous allons les énumérer les uns après les autres en commençant par ceux qui renferment le moins de syllabes et d'accents :

1°) Vers de quatre syllabes, deux accents :

a) *forme trochaïque :* ' ˘ ' ˘
Fóns sĭgnátĕ. (I, p. 334, vers 59).
b) *forme ïambique :* ˘ ' ˘ '
Cŏncípĭéns. (1) (I, p. 27, vers 56).

2°) Vers de six syllabes, trois accents :

a) *forme trochaïque :* ' ˘ ' ˘ ' ˘
Níhĭl médĭcínæ. (II, p. 41, vers 55).

b) *forme ïambique :* ' ˘ ˘ ' ˘ ' / ˘ ' ˘ ' ˘ '
Præsĕs Ăstérĭús
Ăc éjŭs ímpĭús. (2) (II, p. 90, vers 29-30).

3°) Vers de sept syllabes, trois ou quatre accents :

a) *forme trochaïque :* ' ˘ ˘ ' ˘ ' ˘
Pénĕ pĕríclĭtántĕs. (II, p. 247, vers 51).
b) *forme ïambique :* ' ˘ ' ˘ ' ˘ ' / ˘ ' ˘ ˘ ' ˘

Míllĕ módĭs mórĭtúr (II, p. 72, vers 33).
Ĭn únă sŭbstántĭá (3) (II, p. 73, vers 42).

4°) Vers de huit syllabes, quatre accents :

a) *forme trochaïque :* ' ˘ ' ˘ — ' ˘ ' ˘
Ipsĭ móntĕs — áppĕllántŭr. (II, p. 40, vers 27).
b) *forme ïambique :* ˘ ' ˘ ' ˘ ' ˘ ' / ' ˘ ' ˘ ˘ ' ˘ ' / ' ˘ ˘ ' ˘ ' ˘ '

Gĕnóvĕfǽ sŏlémnĭtás (II, p. 281, vers 1).
Félĭx órtŭs Ĭnfántŭlǽ (id. , vers 3).
Téstĕ Gĕrmànŏ prǽsŭlé. (id. , vers 6) (4).

1. La première forme est très fréquente, la seconde ne se rencontre qu'une fois.

2. La forme trochaïque est très rare ; la forme ïambique l'est moins.

3. La première forme (a) est excessivement rare ; la seconde (b) est très commune.

4. Les deux formes sont très fréquentes.

5°) Vers de dix syllabes, cinq accents :

' ˘ ' ˘ — { ˘ ' ˘ ' ˘ '
{ ' ˘ ˘ ' ˘ '

{ Sálvĕ díēs — dĭérŭm glórĭá (II, p. 68, 1).
{ Díēs dígnă — júgĭ lǽtítĭá (II, p. 69, 3).

6°) Vers de douze syllabes, six accents :

{ ˘ ' ˘ ' ˘ ' — ' ˘ ˘ ' ˘ '
{ ' ˘ ˘ ' ˘ ' — ˘ ' ˘ ' ˘ '

{ Ĭnvíctĭ mártȳrís — míră vĭctórĭá
{ Mírĕ nŏs éxcĭtát — ăd míră gáudĭá.

Ces vers, on le remarquera sans peine, ont de très grandes affinités avec nos vers français anciens et modernes. Dans les œuvres authentiques d'Adam nous ne trouvons ni vers de neuf syllabes, ni vers de onze syllabes. Par contre, son vers de douze syllabes n'a-t-il pas la même allure que notre alexandrin ? Son vers de dix syllabes, avec une césure après la quatrième, est évidemment l'ancêtre du nôtre. Il en est de même des vers de sept et de huit syllabes employés si fréquemment. Mais ces vers ne doivent pas être étudiés isolément ; Adam les a réunis, les a groupés en strophes harmonieuses. Nous allons le suivre dans son travail poétique ; il y a pour l'oreille un véritable plaisir à découvrir ces cadences mystérieuses, à les reconstituer et à les faire revivre.

II.

LES *strophes* d'Adam se composent ou bien de vers de même nature, ayant un même nombre de syllabes et d'accents, — ou bien de vers ayant un nombre de syllabes et d'accents différent.

Dans le premier cas, les strophes sont formées de vers de six, de sept, de huit et de douze syllabes à terminaisons masculines. Voici des exemples de chacune d'elles :

Vers de six syllabes.

1°) a b a b (*quatre vers*).

Laborum socii
Triturant aream,
In spe denarii
Colentes vineam. (II, p. 39-40).

2°) a a b c c b (*six vers*).

Quidnam jocundius
Quidnam secretius
Tali mysterio?
O quam laudabilis,
O quam mirabilis
Dei dignatio. (I, p. 30).

3° a a a b c c c d (*huit vers*).

Suggestor sceleris
Pulsus a superis
Per hujus aeris
Oberrat spatia ;
Dolis invigilat,
Virus insibilat,
Sed hunc adnihilat
Præsens custodia. (II, p. 229).

4°) a a a a b c c c c b (*dix vers*).

Præses Asterius
Ac ejus impius
Comes Eutitius
Instant immitius
Pari malitia ;
Per urbem trahitur,
Tractus suspenditur,
Suspensus cæditur,
Sed nulla frangitur
Martyr injuria. (1) (II, p. 90).

Vers de sept syllabes.

1°) a a (*deux vers*).
Capiti sit gloria
Membrisque concordia. (II, p. 231).

2°) a b a b (*quatre vers*).

Cuncta laudes intonant
Super partum Virginis,
Lex et psalmi consonant
Prophetarum paginis. (I, p. 20).

3°) a a b c c b (*six vers*).

Pascha novum colite ;
Quod præit in capite
Membra sperent singula.
Pascha novum Christus est,
Qui pro nobis passus est,
Agnus sine macula. (2) (I, p. 54).

---

1. On trouve : a b a b c d e d e c (II, page 229-230).
2. On trouve la forme a a a a a a (II p. 247) et a a b a a b (II, p. 246).

4°) a a a b c c b (*sept vers*).

Gelu mortis solvitur,
Princeps mundi tollitur,
Et ejus destruitur
In nobis imperium ;
Dum tenere voluit
In quo nihil habuit,
Jus amisit proprium. (II, p. 82-83).

5°) a a a a b a a a a b (*dix vers*).

Testem habes populum
Imo si vis oculum
Quod ad ejus tumulum
Manna scatet, epulum
De Christi convivio.
Scribens evangelium
Aquilæ fert proprium
Cernens solis radium
Scilicet principium,
Verbum in principio. (I, p. 229).

Vers de huit syllabes.

a a b b (*quatre vers*).
Lux illuxit dominica,
Lux insignis, lux unica
Lux lucis et lætitiæ,
Lux immortalis gloriæ. (I, p. 63).

a a a a (*quatre vers*).
Diem mundi conditio
Commendat ab initio
Quam Christi resurrectio
Ditavit privilegio. (I, p. 63).

a b a b (*quatre vers*).
Solemnis est celebritas,
Et vota sint solemnia
Primæ diei dignitas
Prima requirit gaudia. (I, p. 63).

Vers de douze syllabes.

a a a a (*quatre vers*).

Invicti martyris mira victoria
Mire nos excitat ad mira gaudia ;
Deprome jubilum, mater Ecclesia,
Laudans in milite regis magnalia. (II, p. 89).

Il nous faut maintenant étudier les strophes où Adam a combiné avec une habileté consommée les différents vers que nous avons énumérés. Longtemps on a vu un défaut où il y avait une qualité : c'est l'honneur de M. Félix Clement [1] et surtout de M. Léon Gautier d'avoir rendu justice à ces rythmes si délicats et si variés. Nous dirons plus tard, quand

1. *Carmina excerpta e poetis christianis.* — Paris, Gaume.

nous étudierons les beautés littéraires de l'œuvre d'Adam, quelle harmonie existe entre les pensées et les strophes qui les expriment. Pour l'instant, c'est une simple énumération que nous devons faire. Nous tâcherons d'y mettre le plus de clarté possible.

La strophe mixte qu'Adam emploie de préférence a pour base le vers de huit syllabes à rime féminine combiné avec le vers de sept syllabes à rime masculine. En voici la forme la plus simple :

1) *a* b *a* b (*quatre vers*).

Non amittit claritatem
  Stella fundens radium
Nec Maria castitatem
  Pariendo filium. (I, p. 19).

Très souvent le vers de huit syllabes est répété deux fois :

2) *a a* b *c c* b (*six vers*).

Radix David typum gessit
Virga matris quæ processit
  Ex regali semine.
Flos est puer nobis natus
Jure flori comparatus
  Præ mira dulcedine. (I, p. 20).

Souvent ce même vers est répété trois fois :

3) *a a a* b *c c c* b (*huit vers*).

Mors et vita conflixere,
Resurrexit Christus vere
Et cum Christo surrexere
  Multi testes gloriæ.
Mane novum, mane lætum
Vespertinum tergat fletum
Quia vita vicit letum
  Tempus est lætitiæ. (I, p. 91).

Assez souvent on trouve ce vers répété quatre fois de suite :

4)[a] *a a a a* b *c c c c* b (*dix vers*).

JESU victor, JESU vita,
JESU vitæ via trita,
Cujus morte mors sopita,
Ad paschalem nos invita
  Mensam cum fiducia.
Vive panis, vivax unda,
Vera vitis et fecunda,
Tu nos pasce, tu nos munda,
Ut a morte nos secunda
  Tua salvet gratia. (I, p. 91).

Cette strophe si majestueuse offre une certaine difficulté de facture à cause du grand nombre de rimes semblables.

On fut donc amené à donner aux vers féminins deux rimes différentes. Il en résulta des variantes comme celle-ci :

4)[b] *a a b b* c *d d e e* c.

Volens Christus hæc cel*ari*
Non permisit enarr*ari*
Donec vitæ repar*ator*
Hostis vitæ triumph*ator*
Morte victa surgeret.
Hæc est dies laude d*igna*,
Qua tot sancta fiunt s*igna;*
Christus splendor Dei P*atris*
Prece sancta suæ m*atris*
Nos a morte liberet. (1) (II, p. 109).

Mais ce rythme, malgré son harmonie, eut à la fin semblé bien monotone. Adam, qui est un artiste, a trouvé moyen de mettre de la diversité dans l'unité, de produire des effets inattendus et saisissants. C'est ainsi qu'il remplacera au commencement ou au milieu de sa strophe les vers à rimes féminines de huit syllabes par des vers de sept syllabes à rimes masculines.

On en jugera par les deux jolies strophes suivantes :

5)[a] a a b *c c* b (*six vers*).

Solitudo floreat
Et desertum gaudeat :
Virga Jesse floruit
Radix virgam, virga florem,
Virgo profert Salvatorem
Sicut lex præcinuit. (I, p. 19).

5)[b] *a a* b c c b (*six vers*).

Quid de monte lapis cæsus
Sine manu, nisi JESUS
Qui de regum linea,
Sine carnis opere,
De carne puerperæ
Processit virginea? (I, p. 19).

D'autres fois, mais plus rarement, il remplace le vers de huit syllabes, rime féminine, par un vers du même nombre de syllabes, rime masculine.

6)[a] *a a* b c c b (*six vers*).

Verbum crucis protestatur
Causa crucis cruciatur
Mille modis moritur;
Sed perstat vivax hostia,
Et invicta constantia
Omnis pœna vincitur. (II, p. 72).

1. On trouve la forme incomplète : *a a b b* c *d d d d* c (II, p. 42).

6)[b] a a b *c c* b (*six vers*).

Hic mortis viam arripit
Quem vitæ via corripit
Dum Damascum graditur.
Spirat minas, sed jam credit
Sed prostratus jam obedit,
Sed jam vinctus ducitur. (II, p. 71-72).

Le vers de huit syllabes à rime féminine a toujours, nous l'avons vu, une césure après la quatrième. Cette césure est devenue un élément de variété. On l'a elle-même ornée d'une rime, et le petit vers de quatre syllabes, si léger, si gracieux s'est trouvé créé. Il produit toute une série de strophes nouvelles :

7°) *a a* b *c c* b *six ver*

Adam vetus,
Tandem lætus,
Novum promat canticum
Fugitivus
Et captivus
Prodeat in publicum ! (I, p. 40).

On traite alors le vers de quatre syllabes comme on a traité celui de huit ; on le double sans croiser les rimes :

8)[a] *a a b b* c *d d e e* c. (*dix vers*)

Quando venis,
Corda lenis,
Quando subis
Atræ nubis
Effugit obscuritas.
Sacer ignis
Pectus ignis
Non comburis,
Sed a curis
Purgas quando visitas. (I, p. 116).

On le double en croisant les rimes :

8)[b] *a b a b* c *d e d e* c (*dix vers*).

Prunis datum
Admiremur,
Laureatum
Veneremur
Laudibus Laurentium ;
Veneremur
Cum tremore ;
Deprecemur
Cum amore
Martyrem egregium. (II, p. 114)

Ce n'est pas assez de l'avoir doublé ; on le triple, et il en résulte une strophe de quatorze vers !

9) *a a b b c c* d *e e f f g g* d.

Parum sapis
Vim sinapis
Si non tangis,
Si non frangis,
Et plus fragrat
Quando flagrat
Thus injectum ignibus;
Sic arctatus
Et assatus
Sub labore,
Sub ardore,
Dat odorem
Pleniorem
Martyr de virtutibus. (II, p. 117).

Il semble que ce soit le comble de l'audace. Et cependant il n'en est rien. Voici une strophe de dix-huit vers, qui fait penser à ces colonnettes sveltes et hardies que l'antiquité classique n'avait pas connues, dont nous avons cessé de faire usage, et qu'on retrouve partout dans nos vieilles cathédrales :

10) *a a b b c c d d* e *f f g g h h i i* e.

Fons signate
Sanctitate
Rivos funde,
Nos infunde,
Fons hortorum
Internorum
Riga mentes
Arescentes
Unda tui rivuli;
Fons redundans,
Sis inundans
Cordis prava
Quæque lava,
Fons illimis,
Munde nimis
Ab immundo
Munda mundo
Cor immundi populi. (I, p. 334.)

Évidemment, nous sommes ici dans l'exagération, et tout esprit sérieux préfèrera de beaucoup ces strophes un peu moins régulières où le vers de quatre syllabes se marie à celui de huit :

11)[a] *a a b b* c *d d* c (*huit vers*).

Dulce melos
Tangat cœlos,
Dulce lignum
Dulci dignum
Credimus melodia.
Voci vita non discordet;
Cum vox vitam non remordet
Dulcis est symphonia. (I, p. 348).

11)[b] *a a* b *c c d d* b (*huit vers*).

Hic constructo Christi templo
Verbo docet et exemplo;
Coruscat miraculis
Turba credit,
Error cedit,
Fides crescit
Et clarescit
Nomen tanti præsulis. (II, p. 253).

11)[c] *a a b b* c *d d d* c (*neuf vers*).

Prodit martyr conflicturus,
Sub securi stat securus,
Ferit lictor,
Sicque victor
Consummatur gladio.
Se cadaver mox erexit;
Truncus truncum caput vexit,
Quod ferentem huc direxit
Angelorum legio. (II, p. 255).

Jusqu'ici nous n'avons trouvé dans les strophes citées que trois vers, celui de huit syllabes, celui de sept syllabes à finales masculines, et celui de quatre syllabes. Adam y ajoute quelquefois le vers de dix syllabes. Ce vers donne naissance aux deux formes suivantes :

12)[a] a a b *c c* b (*six vers*).

Roma potens, et docta Græcia
Præbet colla, discit mysteria :
Fides Christi proficit.
Crux triumphat; Nero sævit :
Quo docente, fides crevit
Paulum ense conficit. (II, p. 73).

12)[b] *a a* b c c b (*six vers*).

Jam divinæ laus virtutis,
Jam triumphi, jam salutis
Vox erumpat libera.
Hæc est dies quam fecit Dominus,
Dies nostri doloris terminus,
Dies salutifera [1]. (I, p. 88).

1. On rencontre (I p. 26-27), deux strophes curieuses où deux vers de quatre syllabes suivent immédiatement les vers de dix : c'est une exception unique à ma connaissance.

Voilà donc, sans compter les variantes, douze modifications qu'Adam fait subir à sa strophe préférée. Sa poésie, on le voit, a de la souplesse. Mais à côté de cette strophe, nous en trouvons d'autres : ce sont elles qu'il nous faut énumérer.

D'abord, il y a la strophe triomphale qui retrace si heureusement les splendeurs de la Résurrection et la gloire d'un des plus grands saints français, saint Martin ; elle se compose de six vers de dix syllabes et de deux vers de quatre, ces derniers rimant ensemble :

a a a *b* c c c *b* (*huit vers*).

Salve dies dierum gloria
Dies felix Christi victoria,
Dies digna jugi lætitia,
Dies prima.
Lux divina cœcis irradiat,
In qua Christus infernum spoliat,
Mortem vincit, et reconciliat
Summis ima. (I, p. 68).

Puis la strophe si harmonieuse, si bien frappée où le vers de quatre syllabes revient régulièrement après deux vers de sept :

a a *b* c c *b* (*six vers*).

Sexta passus feria
Die Christus tertia
Resurrexit ;
Surgens cum victoria
Collocat in gloria
Quos dilexit. (I, p. 74).

Les strophes que nous allons transcrire ont beaucoup moins d'importance ; elles sont toutes assez rares. La première se compose de dix vers de six syllabes, quatre à terminaison masculine, un à terminaison féminine dans chaque demi strophe :

a b a b *c* d e d e *c* (*dix vers*).

Romam convenerant
Salutis nuntii
Ubi plus noverant
Inesse vitii
Nihil disciplinæ.
Insistunt vitiis
Fideles medici
Vitæ remediis
Obstant phrenetici
Fatui doctrinæ. (II, p. 41).

La seconde compte dans chaque demi-strophe deux vers

de huit syllabes masculins et un vers féminin de sept syllabes :

a a *b* c c *b* (*six vers*).

Circumdati periculis
Atque momentis singulis
Pene periclitantes,
Ad te martyr confugimus,
Tibique preces fundimus :
Suscipe deprecantes. (1) (II, p. 247).

La troisième se compose de six vers masculins, deux de sept syllabes pour un de huit :

a a b c c b (*six vers*).

Hi triturant aream,
Ventilantes paleam
Ventilabri justitia.
Quos designant ærei
Boves maris vitrei,
Salomonis industria. (II, p. 409).

La quatrième réunit deux vers de huit syllabes féminins et deux vers de huit syllabes masculins :

a a b b (*quatre vers*).

Saccus scissus et pertusus
In regales transit usus
Saccus fit soccus gloriæ
Caro victrix miseriæ. (I, p. 55).

Enfin, il est une dernière strophe qu'on trouve dans les pièces authentiques d'Adam. La voici. Elle a six vers ; quatre masculins de sept syllabes et deux féminins qui n'en ont que six :

a a *b* c c *b* (*six vers*).

Venerando præsuli
Eruuntur oculi
Cœcis (?) profuturi.
Fodiuntur terebris
Aliorum tenebris
Lumen reddituri. (I, p. 247).

Telles sont les strophes employées par notre plus grand poète liturgique. Nous les avons réunies avec amour, car elles sont la plus haute expression de notre poésie lyrique chrétienne au moyen âge ; elles ont retenti longtemps pendant le saint sacrifice sous les voûtes de nos temples; elles ont le droit d'être l'objet d'une étude sérieuse.

1. *Súscipé déprĕcántĕs*, deux accents à la suite l'un de l'autre. Faut-il douter de l'autenthicité de la prose ?

Mais ce n'est pas assez d'avoir recherché comment Adam dispose ses mots pour faire des vers et ses vers pour faire des strophes : il nous faut indiquer comment il dispose ses strophes pour former des Proses (1).

---

1. Parmi les pièces publiées sous le nom d'Adam et qui ne se lisent pas au graduel victorin, un assez grand nombre sont en opposition avec les règles que nous venons d'exposer sur les vers et sur les strophes :

I, 10. *Potestate non natura;* strophes 4, 5, 6.
I, 48. *Hac die festa concinat;* toutes les strophes, sauf la strophe 12.
I, 130. *Spiritus Paraclitus;* strophes 1 à 6.
I, 139. *Trinitatem simplicem ;* toute la prose.
I, 181. *Jerusalam et Sion filiæ;* tous les vers de quatre syllabes : aucun ne rime avec celui auquel il correspond.
I, 223. *Rosa novum dans odorem;* toutes les strophes, composées uniquement de vers féminins, ce que n'a jamais fait Adam.
I, 241. *Verbi vere substantivi ;* strophes 5, 6, 7, 8 composées uniquement de vers de huit syllabes à terminaisons féminines.
I, 246. *Christo laudes persolvat;* en particulier les strophes 1 et 6. D'ailleurs imitation du *Lætabundus.*
I, 252. *Trinitatem reserat;* toute la pièce.
I, 265. *Pia mater plangat;* strophes 4, 5, 7, 8, surtout 9 et 10.
I, 271. *Aquas plenas amaritudine;* toutes les strophes ; — ces quatre vers de dix syllabes forment une strophe beaucoup trop longue d'ailleurs pour être chantée.
I, 292. *Animemur ad agonem;* strophes 3, 4, 6.
I, 343. *Paranymphus salutat virginem;* strophe 1, 2, 5, 6, 7 avec sa finale intercalée.
II, 79. *Tuba Sion jocundetur;* strophes 3, 4, 13, mais surtout 6 et 7.
II, 94. *Martyris Victoris laudes;* du premier vers au dernier.
II, 98. *Pangat chorus in hac die ;* strophe 3 et surtout strophe 10.
II, 174. *Congaudentes exultemus;* strophes 7 et 8, à moins de les séparer en trois strophes; strophe 10 ? et 11, à moins d'en considérer les trois derniers vers comme une finale.
II, 180. *Promat pia vox cantoris;* toutes les strophes : vers de huit syllabes, tous féminins.
II, 219. *Salve crux arbor vitæ;* strophes 1, 2, 3, 4, 5, 6. Ce n'est en rien la manière d'Adam.
II, 239. *Venerando præsuli ;* strophe 1 ; 4 ?
II, 271. *Deo laudes extollamus;* strophe 7, à moins d'en détacher le dernier tiers pour en faire une finale.
II, 275. *Gratiani grata solemnitas;* toutes les strophes.
II, 283. *Adest dies specialis;* strophe 7 ? et 9 (a a a a).
II, 293. *Ad honorem patris Maglorii;* strophe 1, 2 ?
II, 297. *Per unius casum grani ;* strophes 1, 2, 5, 6.
II, 335. *Ante thorum virginalem;* strophes 1, à moins de faire un début des trois premiers vers.
II, 348. *Virgini Mariæ laudes;* du premier mot au dernier.
II, 365. *Orbis totus unda lotus;* strophe 11.
II, 377. *Jesse virgam humidavit;* strophes 2 et 3.

Sans doute, le seul fait de trouver dans une prose une strophe différente de celles qu'emploie Adam ne serait pas une preuve suffisante de non authenticité. Mais si l'on veut rapprocher cette liste de celles que nous avons dressées et des preuves extrinsèques exposées dans un précédent article, on sentira beaucoup mieux la valeur de nos raisons.

III.

UNE *Prose* n'est pas pour Adam une composition littéraire quelconque destinée à être lue sous le cloître, à être critiquée ou admirée par quelques beaux esprits du temps. C'est un chant joyeux qui doit être exécuté par deux chœurs (1), les jours de fête, à la Messe, au lieu et place des anciens *jubili* de l'*Alleluia.* Ces deux chœurs qui se répondent alternativement ont rendu nécessaire une loi que Mr Léon Gautier a parfaitement mise en lumière : le *parallélisme* des strophes, ou plutôt des demi-strophes. Prenons par exemple cette belle prose de la Pentecôte : *Qui procedis ab utroque*, (T. I, p. 115), et demandons-nous comment on la chantait. Le parallélisme va nous apparaître on ne peut plus clairement :

Premier chœur :

Qui procedis ab utroque
Genitore genitoque
Pariter, Paraclite,

Deuxième chœur :

Redde linguas eloquentes,
Fac ferventes in te mentes
Flamma tua divite.

On le voit, la première strophe se trouve coupée en deux parties égales : il en est de même de la seconde :

Premier chœur :

Amor Patris Filiique
Par amborum et utrique
Compar et consimilis,

Deuxième chœur :

Cuncta reples, cuncta foves,
Astra regis, cœlum moves
Permanens immobilis.

Les demi-strophes dans une Prose d'Adam, (comme dans toutes les proses bien faites d'ailleurs), devront donc toujours

1. On ne peut donc pas regarder comme des proses des morceaux personnels : *Pia mater plangat*, etc. (I, 265) où l'on trouve par exemple : *Scelus*, inquam, ***non dicendum*** (vers 7).

être en nombre pair. La règle est simple, et cependant elle est fondamentale et ne souffre pas d'exception ([1]).

En dehors du parallélisme, Adam semble n'avoir suivi d'autre règle que son génie pour la disposition de ses strophes. Avant et après lui cependant on s'est livré sur ce point, en France surtout, à de difficiles enfantillages. On s'ingéniait par exemple à terminer chaque demi-strophe sur la même voyelle. Toutes les phrases de l'*Ave verum* sont terminées en *e*. Mais la voyelle *a* eut le plus souvent la préférence : n'était-elle pas comme un vieux souvenir, comme un écho lointain des neumes que l'on avait exécutés autrefois sur la dernière syllabe du mot *alleluia ?* L'*Inviolata*, si l'on en excepte la finale, ajoutée après coup, est dans ce cas. Adam avait assez de poésie dans l'âme pour s'affranchir hardiment de ces puériles entraves. Son inspiration est plus franche, plus prime-sautière; elle dédaigne ces raffinements de barbarie ou de décadence. Elle ne se soumet qu'à l'esprit qui l'anime et qui souffle où il veut ([2]). Il y a cependant une remarque à faire. Le plus souvent, chez Adam, cette inspiration va grandissant du commencement à la fin, et l'allure timide d'abord et hésitante prend de strophe en strophe de la force et de l'ampleur. Aussi n'est-il pas rare de le voir débuter avec une strophe de six vers et finir avec une de dix. Il l'a fait dans la Prose de Pâques : *Zyma vetus expurgetur;* dans celle de la Pentecôte : *Lux jocunda, lux insignis ;* dans celle de l'Invention de la Sainte Croix : *Laudes crucis attollamus*, et dans bien d'autres qu'il serait fastidieux de

1. Plusieurs pièces apocryphes y sont opposées.
I, p. 10. — *Potestate non natura*, strophes 4 et 5.
I, p. 316. — *Triumphalis lux illuxit*, strophe 10, à moins de considérer les deux derniers vers comme une finale.
II, p. 174. — *Congaudentes exultemus*, strophes 7, 8 et 11.
II, p. 271. — *Deo laudes extollamus*, strophe 7.

2. Les proses rimées en *a* ne manquent pas dans le recueil de Mr Gautier. Voici celles qui sont absentes du graduel victorin :
I, 48. — *Hac die festa concinat.*
I, 137. — *Trinitatem simplicem.*
I, 241. — *Verbi vere substantivi.*
I, 246. — *Christo laudes persolvat,*
I, 252. — *Trinitatem reserat.*
I, 323. — *Martyris egregii.*
II, 98. — *Pangat chorus in hac die.*
II, 174. — *Congaudentes exultemus.*
II, 270. — *Deo laudes extollamus.*
II, 297. — *Per unius casum grani.*
La plupart de ces pièces sont d'une faiblesse rare comme style et comme idées.

citer ici. Néanmoins ce n'est pas là une règle stricte, immuable. Dans la Prose de St Thomas de Cantorbéry : *Gaude Sion et lætare*, les six premières strophes comptent chacune six vers; la septième, huit ; la huitième, dix : jusque là le *crescendo* est évident. Mais la neuvième strophe, est une pieuse invocation en six vers au saint martyr « la perle du clergé » : le mouvement se ralentit avant de s'arrêter tout à fait. Il en est de même pour la Prose de Saint Étienne : *Heri mundus exultavit*, dont le ton si éclatant au début, si grave dans la strophe dixième où l'on montre le premier martyr « s'endormant dans le Christ », baisse peu à peu, et s'éteint enfin en cette douce et suave prière :

Martyr cujus est jocundum
Nomen in Ecclesia,
Languescentem fove mundum
Cœlesti fragrantia.

IV.

NOUS venons d'exposer, sinon dans tous leurs détails, du moins dans leurs détails principaux les règles de la rythmique d'Adam de Saint-Victor. Nous avons successivement étudié ses mots, ses vers, ses strophes, l'ensemble de ses strophes. Quelles conclusions allons-nous tirer de cette étude ?

Nous les avons fait pressentir à la fin de notre article précédent. Le graduel victorin est sans doute la meilleure source où l'on puisse retrouver les Proses d'Adam. Mais cette source elle-même n'est pas pure ; elle peut contenir, elle contient en effet quelques scories, quelques pièces qui se sont glissées là sans qu'on y ait trop pris garde, mais qui ne sauront pas résister à une analyse sérieuse. Nous allons les signaler les unes après les autres, en indiquant sommairement les raisons qui nous les font rejeter (1).

1. Nous ne parlons plus des trois proses du graduel victorin que dans l'article précédent nous avons supprimées *à priori* :

Clara chorus dulce pangat, (I, 174),
Congaudentes exultemus (I, 202),

et

Æterni festi gaudia (II, 157).

Le lecteur peut vérifier lui-même et voir comment elles dénotent une profonde

La première prose est celle qui se chantait à St-Victor le dimanche dans l'octave de la Dédicace : *Quam dilecta tabernacula domini virtutum et atria.* (G., I, 155). D'abord ce début même, cette sorte de préface en prose serait unique dans Adam et semble indiquer une date plus reculée. Puis,

---

ignorance de la rythmique d'Adam. — Il en est de même de la Prose de St Thomas que Mr Gautier a rejetée avec tant de raison « parce qu'il n'y reconnaissait pas le style de notre auteur » :

Congaudeant hodie (II, 406).

Dič y rime avec *lætitiǽ* (4-5) ; *férăt* avec *lacĕrát* et *propĕrát* (27, 28, 29) ; — on y trouve deux accents de suite :

Gladió Thómas subditus (47).

Pauperibus est accentué sur la pénultième (36) ; etc. Enfin la strophe 5 n'a pas sa pareille dans Adam. — Mais une question plus intéressante serait celle du *Veni Sancte Spiritus.* Cette prose se lit en effet au graduel de St-Victor. A-t-elle les caractères d'une prose de notre auteur ? La réponse ne peut être que négative. Nulle part on ne trouve dans les pièces que nous étudions le vers de sept syllabes employé seul, d'un bout à l'autre d'une Prose, sous la forme de strophes de six vers. De plus, dans le *Veni Sancte Spiritus*, toutes les demi-strophes sont rimées en *ium :* c'est une recherche bien opposée à la manière de notre Adam. — Par contre, n'existerait-il pas des Proses qui, par leur rythme du moins, sembleraient pouvoir être attribuées au pieux victorin ? Il en existe; je me borne à citer :

Nato nobis Salvatore

que Mr Gautier a publiée (I, 36) ; et

Augustini præconia (II, 8).

mais la faiblesse générale des idées et du style doit la faire rejeter. De même :

Celebremus victoriam (II, 13).

Pour la prose de St Pierre et de St Paul :

Lux est ista triumphalis (II, 63),

elle ne serait pas indigne de notre auteur ; la strophe 9 qui n'offre aucun sens dans l'édition de M. Gautier doit être ainsi rectifiée d'après le Missel de Bordeaux conservé à la Bibliothèque nationale sous le n° 871 :

Est *baptismus* animarum
Dulcis rivus lacrymarum
Piumque suspirium.

Il en est de même des deux pièces :

De profundis tenebrarum (II, 162),

et :

Præcursorem summi regis (II, 177).

La Prose *Lux advenit veneranda* (II, 202) est bien jolie, mais sa strophe 9 (26 vers !) n'a jamais été employée par Adam. — *Ave mater* JESU CHRISTI (II, 210) qui se lit dans les Missels de Paris pourrait parfaitement (quant au rythme du moins) figurer dans les œuvres de notre auteur, ainsi que le *Gaude superna civitas* (II, 302). Mais s'il n'y a aucune raison intrinsèque de rejeter ces pièces, il n'y a aucun motif plausible pour les admettre, et le mieux, croyons-nous, jusqu'à nouvelle découverte, est de les rejeter tout à fait.

nous y trouvons des rimes fort insuffisantes, qui portent uniquement sur la dernière syllabe accentuée, lorsqu'elles devraient porter sur les deux dernières :

Ex Rebeccæ hydr*ia* (22).

rime avec :

Viro fiat congr*ua*. (25).

De même :

Thamar diu vid*ua* (34).

correspond à :

Reperitur scirp*ea* (37).

Ce n'est pas tout ; la règle de l'accent est violée à plusieurs reprises, et sans parler des noms hébreux ([1]), (sur lesquels on pourrait peut-être discuter), on y rencontre *bivium* accentué sur la pénultième :

In bĭvíŏ tegens nuda, (32).

Il en est de même du nom propre *Ægyptios :*

Ægyptíos sub profunda. (42).

Mais que dire des quatre vers suivants où l'auteur a trouvé moyen de violer la règle de la césure et d'accentuer du même coup sur la dernière des mots comme : *parít*, *regí*, *venít*, *Austrí*, *thurís ?*

Geminos parít ex Juda (33).
Huc regí varietate (53).
Huc venít Austrí regina (56).

et :

Myrrhæ et thurís fumosa (60) ?

Enfin, nous trouvons pour finir deux demi-strophes dont M. Gautier a fait deux strophes (13-14) qui sont d'une rythmique inconnue à notre Adam : six vers de huit syllabes, masculins, sur deux rimes :

a a a b b b,

et ces vers ont pour finale nécessaire ce qui ne se trouve dans aucune pièce authentique : le mot *Alleluia*. On pourrait encore relever une foule d'impropriétés d'expression ; il ne saurait donc pas y avoir de doute : cette Prose n'est pas d'Adam.

Ne peut-on pas être aussi affirmatif pour la Prose de Saint Vincent : *Ecce dies præoptata* (I, 305) ? Elle a bien des

1. Jacób, 27 ; Ráchel, 30 ; Thámar, 34 ; Mŏÿsēs, 35 ; Ĭsrāēl, 39 ; Āārŏn, 48 ; Ŭrĭās, 50. Cf. à ce sujet G. Paris.

marques de non-authenticité. Les strophes 5, 6, 7, 9, 11 ne se rencontrent nulle part ailleurs. Certains vers (25, 26, 28, 29, 39, 40, 41, 42, 43, 44, 56, 60), sont inconnus à Adam. Il y en a même où l'on rencontre deux syllabes accentuées de suite, sans césure intermédiaire, ce qui détruit complètement le rythme binaire et l'harmonie. Comment croire qu'Adam ait pu écrire :

Nec juvenĭ párcitur egregio ? (28).

ou encore :

Spiritŭ fórtiori, (44).

ou enfin :

Ab Angelĭs vísitatus (56).

et :

Est principĭ prǽsentatus (60).

Comment l'auteur du *Salve dies*, du *Gaude Sion* où les vers de dix syllabes sont si régulièrement accentués sur la première et sur la troisième, a-t-il pu s'oublier et composer des vers comme ceux-ci :

Et téstŭlís — *fixus illiditur*, (54).
In léctŭló — *tandem repositus*, (57).
Ad súpĕrós — *transit emeritus*, (58) ? (1).

La pièce contient six vers de dix syllabes, et il y en a trois, soit moitié, qui sont fautifs !

La Prose pour la nativité de St Jean Baptiste : *Ad honorem tuum Christe* (II, 28), nous présente deux passages fort curieux qui déroutent absolument celui qui veut y chercher un rythme ; les voici tels que les édite M. Gautier :

Puer nascitur, novæ legfs
Novi regis
Præco, tuba, signifer,
Vox præit verbum
Paranymphus sponsi sponsum
Solis ortum lucifer. (13-18).

Il y a là, c'est évident, deux vers parfaits de sept syllabes, avec leurs accents et leur rime :

Prǽcŏ, túbă, sígnĭfér

et

Sólĭs órtŭm lúcĭfér.

---

1. On trouve dans une des strophes du *Gaude Sion* que j'ai publiée : *Lettres Chrét.* t. II, p. 109) un vers d'Adam qui est faux :
Et mánĭbús — *intentus sedulis.*
Ne faut-il pas rétablir : *manĭbúsquĕ?*

Le reste ressemble bien à de la prose : *verbum* et *sponsum* ne riment pas. Quant à *náscitúr nóvæ*, cela fait deux accents de suite et ne peut pas être admis. Peut-être devrait-on faire précéder chaque vers de sept syllabes masculin d'un vers de huit syllabes féminin, sans rime, et éditer :

Puer nascitur
Nóvǽ légĭs, nóvĭ régĭs
Prǽcŏ, túbă, sigñifér ;
Vox præit verbum
Părănýmphŭs spónsĭ spónsŭm,
Sólĭs órtŭm lúcĭfér.

Ce qui me ferait volontiers adopter cette disposition, c'est que la prose : *Ad honorem tuum Christe* se chantait sur la même musique que deux proses de la première époque : *Congaudentes exultemus* (I, 202) et *Clara chorus dulce pangat* (I, 174). Si l'on veut bien se reporter à la strophe 4 de chacune de ces proses, on verra qu'elle se range très facilement sous le rythme que nous indiquons.

Mais les strophes 7 et 8 sont également fautives. Nous lisons en effet :

Quod ætate præmatura
Datur hæres, id figura
Quod infecunda
Diu parens res profunda.

et :

Contra carnis quidem jura
Johannis hæc genitura
Talem gratia
Partum format, non natura. (29-36).

Ces vers d'abord ne forment qu'une strophe. Ils correspondent à la strophe 6 du *Clara chorus* et à la strophe 7 du *Congaudentes* ([1]), et ont absolument le même nombre de syllabes. La difficulté du poète était de trouver 13 syllabes de suite pour faire pendant à des vers comme celui-ci :

Ĭndíssŏlúbĭlí bĭtúmĭné fŭndátă. (p. 175, 16).

Il s'en est tiré comme il a pu, en faisant suivre un vers de huit syllabes d'une bribe de cinq :

Quŏd ínfĕcúndă,
Tálĕm grátĭá.

1. M. G. fera bien de revoir avec le plus grand soin son livre au point de vue du « parallélisme. » Les fautes y sont nombreuses.

Mais ces deux petites phrases n'ont d'abord pas le même rythme ; de plus, la seconde ne rime pas avec le vers correspondant, car *grátiá* et *natúra* n'ont jamais été homophones. La première n'est pas moins défectueuse, puisqu'elle forme toute une demi-strophe féminine : *præmatúra*, *figúra*, *infecúnda*, *profúnda*. Devons-nous donc admettre cette pièce comme authentique ? Devons-nous supposer qu'elle est un des premiers essais d'Adam ? Je ne puis que soulever la question (1). Remarquons encore que la strophe 13 : *Martyr Dei*, etc. ne se rencontre jamais ailleurs, et qu'elle contient deux vers sans rime :

Simus nec idon*ei*

et

De tua clement*ia*,

Il faut, croyons-nous, n'accepter aussi qu'avec beaucoup de réserve un morceau qui a cependant les caractères d'une Prose d'Adam, du moins jusqu'à sa dernière strophe (2), je veux dire la Prose de l'Assomption : *Gratulemur in hac die.* (II, 127). Cette strophe contient deux énormes fautes d'accent :

Ob mer*í*tum singulare, (78).
Qui nem*í*nem vis damnari. (82).

N'aurait elle pas été ajoutée après coup ? En tout cas, la pièce peut parfaitement se terminer après la strophe 12 qui est une prière à la Très-Sainte Vierge :

Te vocantes de profundo
Navigantes in hoc mundo
Nos ab hoste furibundo
Tua prece libera. (73-76).

---

1. On a écrit bien des erreurs sur les rapports de la musique et du rythme, e il y aurait beaucoup à dire sur les assertions de Mr Karl Bartsch à ce propos Sans doute le rythme et la musique ont souvent influé l'un sur l'autre. Mais lorsqu'on voit dans les graduels victorins la pièce

Sexta passus feria
Die Christus tertia
Resurrexit

se chanter identiquement comme la prose de la Dédicace :

Rex Salomon fecit templum
Quorum instar et exemplum
Christus et Ecclesia,

on sent que le dernier mot n'a pas été dit sur la question.

2. On pourrait cependant relever çà et là quelques rejets qu'Adam évite, et qui font mal dans une pièce destinée à être chantée : *angelorum*, vers 8 ; et surtout : *Sacramentum patefactum*
Est. (38).

La prose de Sainte Catherine : *Vox sonora nostri chori* (II, 321), n'est certainement pas de notre Adam. Elle fourmille d'expressions impropres, de remplissages, de banalités. Nous y lisons par exemple que la Sainte par son éloquence rend les docteurs *mutos et silentes* (41), et que pour l'en punir, je pense, on lui fait subir *famem et jejunia* (45). Mais elle fourmille également de fautes de rythme. Ainsi elle a deux vers qui ne riment pas :

Et reduxit in *contemptum*
Patris opes et *parentum*
Larga patrimonia. (28-30).

Quelle différence l'auteur a-t-il bien voulu mettre entre *patris opes* et *larga patrimonia parentum*, c'est ce que nous ne saurions dire. Mais ce n'est là qu'un détail infime. Quatorze vers manquent aux règles de la césure. Les voici :

Per quem dimicat imbellis. (4).
Per quem plebs Alexandrina. (7).
Doctos vinceret doctrina. (11).
Hæc ad gloriam parentum. (13).
Clara per progenitores. (16).
Florem teneri decoris. (19).
Vasis oleum includens (31).
Virgo sapiens et prudens. (32).
Sistitur imperatori. (37).
Carceris horrendi claustrum. (43).
Sustinet amore Dei. (47).
Torta superat tortorem. (49).
Superat imperatorem. (50).
Tandem capite punitur. (55).

Si j'ajoute qu'elle a une finale triple (st. 12) et qu'on a pris un soin méticuleux d'orner chaque demi-strophe de la fameuse rime en *a*, n'est-on pas en droit de s'étonner de voir figurer cette platitude incorrecte dans toutes les éditions d'Adam qui ont été données jusqu'ici ?

Il en faut dire autant d'une autre pièce en l'honneur de la sainte Vierge : *Hodiernæ lux diei* (II, 373). Là encore nous retrouvons une faiblesse inouïe de style et d'idées ; les demi-strophes agrémentées de finales en *a* ; une énorme faute d'accent : *réginá* accentué sur la dernière et sur l'antépénultième :

Ávĕ régĭná cœlórŭm, (13).

et surtout cinq vers sans césure : celui que nous venons de citer et les quatre suivants :

Semper virginis Mariæ, (5).
Fusum Gedeonis vellus, (23).
Tu caliginosæ menti, (26).
Ne nos involvat procella, (29).

Pour une prose de trente vers, c'est suffisant.

Je rejetterais également, sans scrupule, la Prose publiée par M. Gautier (II, 382) : *Ave mundi spes Maria.* On y trouve une faute d'accent, *sérvĭtús* :

Pér qŭam *sérvĭtús* fínītŭr (36).

et trois fautes de césure, le vers qui précède et les deux que voici :

Ave virginum lucerna (19).
Mundans a peccati fæce (46).

De plus la strophe 5, (deux vers de onze pieds), et la strophe 9, (quatre vers féminins), ne se trouvent jamais dans Adam.

La Prose des apôtres : *Cor angustum dilatemus* (II, 389) contient deux strophes (11 et 12) qu'on ne retrouve pas ailleurs ; chacune d'elles se compose de six vers de 8 syllabes à finales masculines :

a a b c c b :
Non secutus fortuitum
Sed sortis regens exitum
Mathiam Deus eligit ;
Barnabæ felix meritum,
Quo collega per spiritum
Paulus salvandos colligit (67-72).

C'est un cas unique. De plus, on y trouve deux rimes qu'on ne peut admettre : *Sĭmónĕ* et *dǽmoné* :

Judas accito Si*mone* (63).
Curant delusos dæ*mone* (66).

Est-ce assez pour en suspecter l'authenticité ? *Videant periti.*

Par contre, il n'y a aucun doute sur la Prose des Évangélistes : *Jocundare plebs fidelis* (II, 425) : elle doit disparaître des œuvres d'Adam. Nous y trouvons en effet une faute de rime :

Quisque sua form*u*la (52),

a pour vers correspondant :

Et ascendit aquila. (56).

Or, nous l'avons dit, pour notre poète la rime d'un vers masculin se compose de l'atone et de l'accentuée, comme elle se compose de l'accentuée et de l'atone dans les vers féminins. — La pièce contient en outre une grossière faute d'accent : *déscĕndĭt* :

Sícŭt déscĕndít ăb éŏ (28).

Mais surtout elle renferme neuf vers sans césure :

Recolens Ezechielis (3),
Dicens in apocalypsi (6),
Cum spiritibus beatis (10),
Quatuor diversitatis (11),
Formas Evangelistarum (18),
Sicut descendit ab eo (28),
Notat sed materialis (43),
Quatuor describunt isti (49),

et

Vitulus sacrificatur (54).

C'est avec un véritable plaisir que j'arrive scientifiquement à supprimer des œuvres d'un poète comme Adam des Proses qui m'avaient depuis longtemps paru, à première vue, indignes de son génie. Et lors même que nos études de rythmique n'auraient produit que ce résultat, nous serions loin de regretter le temps et le travail qu'elles nous ont coûté.

www.ingramcontent.com/pod-product-compliance
Ingram Content Group UK Ltd.
Pitfield, Milton Keynes, MK11 3LW, UK
UKHW021108260726
13994UKWH00002B/774